JAHRHUNDERTFLUT
~ Hochwassergeschichten aus Köln ~
Sammelband

Über das Buch
Mitteldeutschland. Köln. Sommer. Dauerregen. Ein allzu bekanntes Szenario. Was wäre, wenn das Wasser nicht aufhörte zu steigen? Mit dieser Frage starteten wir in das Projekt. Dabei stand nicht das Wasser selbst im Vordergrund, sondern dessen Einflussnahme auf den jeweiligen Protagonisten – als Symbol von Transition, von Gefühlen und Gedanken, von Persönlichkeit und Bewusstseinsstrom, von der Vergangenheit zur Zukunft, vom Leben zum Tod. Wir haben unsere Gedanken in viele Richtungen fließen lassen und herausgekommen sind acht Geschichten, die stellenweise weit über die Grenzen der Realität ausufern.

JAHR HUNDERT FLUT

Hochwassergeschichten aus Köln

von

Norbert Görg, Angela Hoptich, Oliver Kreuz,
Gisela Kruyer und Sandra Rochaz

Impressum
Köln, 2017 © Norbert Görg, Angela Hoptich,
Oliver Kreuz, Gisela Kruyer, Sandra Rochaz

Gestaltung: www.coverboost.de
Bildmaterial: C. Gornik, pixabay
Herstellung und Verlag:
BoD – Books on Demand, Norderstedt
Bibliografische Daten über dnb.dnb.de abrufbar.

ISBN 978-3-7431-6180-1

Inhalt
JAHRHUNDERTFLUT

Oliver Kreuz	Abschiedsreise	9
Norbert Görg	Ungeheuerliches	19
Sandra Rochaz	Land unter	35
Angela Hoptich	Auf den Grund	67
Gisela Kruyer	Zeitreise	91
Oliver Kreuz	Seelenwanderung	125
Angela Hoptich	Was das Herz will	141
Norbert Görg	Die Sonne und der Windhund	167
	Die Autor*innen	188

Oliver Kreuz
ABSCHIEDSREISE

Köln im November 2015. Ich habe Geburtstag. 45 Jahre lang befinde ich mich jetzt schon in diesem Körper. Bis auf den kaputten Rücken und einem angeschlagenen Herzen ist er meiner Seele immer noch ein gutes Zuhause. So um die dreißig Jahre werde ich es bestimmt noch mit ihm aushalten, denke ich, während ich mich auf den Weg zu meiner Schamanin mache. Ich gehe nun schon wieder das zweite Mal nach meiner Bypassoperation zu ihr. So entsetzt sie über meinen Herzanfall war, so entzückt war sie auch über meine Nahtoderfahrung im Jahre 1804. Ich glaube, sie ist sogar ein bisschen eifersüchtig oder fühlt sich ein wenig in ihrer Berufsehre angegriffen, weil ich ihr nun ein spirituelles Erlebnis voraus habe. Mein Vertrauen in die heitere, kleine Nepalesin ist ungebrochen. Als sie die Haustüre öffnet, muss ich zunächst über ihren Guns'n'Roses-Pullover lachen, auf dem fett gedruckt „Kill your Idols" steht. Mit ihrer Nepalmütze und dem Pullover sieht Tashi wie ein Althippie aus.

„Komm rein, komm rein", wiederholt sie amüsiert über meinen Gesichtsausdruck. Der übliche Räucherstäbchenduft empfängt mich in ihrem Behandlungsraum. Der Raum ist erleuchtet von Kerzenlicht. Das ist neu und ich staune über die vielen Kerzen.

„Es sind 45!", sagt sie und gratuliert mir mit einer Umarmung. Dann nehme ich auf der vertrauten, roten, weichen Liege Platz.

„Heute ist ein besonderer Tag", sagt sie. „Du wirst eine besondere Reise machen."

Mein Herz schlägt etwas schneller und ich hoffe insgeheim, dass sie nicht recht hat.

„Keine Angst, keine Angst", sagt sie fröhlich und streichelt meine Stirn. Zwei Minuten später bin ich wieder auf dem großen, weißen Platz. Da ist auch wieder eine Türe, aber heute ist sie nicht antik, sondern gleicht der eines modernen Aufzuges. Als ich näher trete, teilt sie sich und ich gehe hindurch in ein ... ein Raumschiff, nein ... ohne Schiff. Ein Zimmer mit Aussicht. Eine atemberaubende Aussicht, die mich an ein Gemälde von Salvador Dali erinnert.

„... erinnert mich ... erinnert ... mich", stottere ich leise vor mich hin. Wer bin ich? Meine Glieder fühlen sich schwer an, als ich langsam über den kalt wirkenden Boden schlurfe. Für die zehn Meter zum Spiegel am anderen Ende des Raumes benötige ich geschlagene zwei Minuten. Dann steht plötzlich ein alter Mann in einem Pyjama vor mir. Der alte Mann greift sich an die Stirn und dann erschrecke ich. Die Schweißperlen, die er sich wegwischt, befeuchten meine knochigen, faltigen Greisenhände. Nun tauche ich vollkommen ein in mein zukünftiges Bewusstsein. Langsam sickern die Details in meinen Verstand und ordnen die Welt, in der ich lebe. Ich bin wahrlich uralt. Wir schreiben das Jahr 2072 und heute ist mein 102. Geburtstag.

„Natürlich ist er das", stammele ich vor mich hin. Schließlich flimmerten schon gestern die ersten Glückwünsche über den Holoprojektor. Ich wohne im Penthouse des höchsten Wolkenkratzers von Köln-Kalk. Dem nobelsten Viertel der ganzen Stadt. Den Blick aus dem Fenster nach unten gerichtet sehe ich zahlreiche Dachterrassen, die wie schwebende Gärten in der Luft zu hängen scheinen. Am Horizont beginnt sich eine riesige Gewitterwolke zusammenzubrauen, die das nächste Unwetter ankündigt. Unwetter und Hochwasser kommen im Jahr 2072 so beständig, wie früher Schmuddelwetter im November. Als ich endlich schwer atmend das Badezimmer erreiche, flutet ein getöntes, warmes Licht die mit Mahagoni abgesetzten

Marmorbögen. In der Dusche sprudelt auf ein Wort von mir ein kleiner Wasserfall aus unsichtbaren Düsen. Dann sage ich „Handtuch" und mein kleiner Roboter, ein echter Alleskönner, rollt leise auf mich zu und reicht mir ein frisches Frottiertuch.

Mein Wohn- und Arbeitszimmer gleicht im Gegensatz zum Esszimmer mit der traumhaften Aussicht keinem Raumschiff-Cockpit. Es entspricht eher dem Stil einer Kapitänskajüte eines mittelalterlichen Segelschiffes. Allerdings mit allen technischen Annehmlichkeiten, die das Jahr 2072 zu bieten hat. Die Wände hängen voll mit Auszeichnungen sämtlicher Bucherfolge meines Lebens. Der Durchbruch als Autor gelang mir erst im stolzen Alter von 55 Jahren. Ausgerechnet mit einer dreisten Adaption von Tolkiens „Herr der Ringe" gelang mir ein Welterfolg. Erfolg hat mir in meinem Leben immer viel bedeutet. Aber spätestens, als ich 90 wurde, waren meine Geschmacksnerven taub geworden für die scharf gewürzten Zutaten, die einem mit der Berühmtheit serviert werden. Allerdings weiß ich die Annehmlichkeiten des Reichtums immer noch zu schätzen. Hätte man mich mit 80 Jahren in eines dieser erbarmungswürdigen Altenheime der Vorstadt gesteckt, würde ich schon seit geraumer Zeit nur noch in der Erinnerung existieren. So wie sämtliche Menschen, die ich einmal geliebt habe, nur noch einen bittersüßen Nachgeschmack in meinem Gedächtnis hinterlassen haben. Ich lasse mich im Ledersessel vor dem Sekretär nieder und mein Roboter bringt mir einen Kaffee. Seit ich das Ding habe, wehre ich mich erfolgreich dagegen, ihm einen Namen zu geben. Das Signal für den ersten Holoanruf des Tages erklingt. Mein Verleger (selber längst im Ruhestand, der alte Sack) sitzt lebensgroß vor mir, als ich annehme.

„Oliver – altes Haus", sagt er breit grinsend, ohne die Zigarre aus dem Mund zu nehmen.

„Guten Morgen, Jonas."

„Ich wünsche dir alles Gute, mein Lieber. Meinst du, du schaffst noch ein weiteres Jahr? Dann könntest du endlich mal das versprochene Drehbuchmanuskript zu ‚Napoleon und die Ratte' vorlegen?"

„Einen Scheiß kann ich", sage ich mit gespielter Entrüstung. „Du könntest es doch nicht einmal lesen, wenn du ein Lasermikroskop benutzen würdest, Stevie Wonder."

Jonas lacht und verschwindet. Der alte Halsabschneider hat immer noch keine Manieren. Kurz darauf läutet der nächste Gratulant an, aber ich lasse klingeln. Es ist Cosma Shiva Hagen, die nun auch schon stramm auf die Neunzig zugeht und noch seniler als ich ist. Vor 40 Jahren hat sie die Hauptrolle in einem Film bekommen, der nach meinem bekanntesten Werk „Die 20 Leben des Gandalf Graumantel" verfilmt wurde.

Sorry, Cosma, du warst mal eine Wucht, denke ich, während ich an meinem Kaffee schlürfe. Mein implantierter Chip für Biofunktionen meldet sich. Wenn ich verhindern will, dass in spätestens 10 Minuten der Notarzt auf der Matte steht, muss ich mich sofort um den Blutzuckerwert kümmern. Der Roboter ist auch jetzt wieder brav zur Stelle und serviert mir die Insulinspritze auf dem Silbertablett, was ich schon etwas überzogen finde. Die Morgenausgabe der „Cologne Times" liegt bereits auf meinem Sekretär (ich bevorzuge es immer noch eine echte Zeitung zu lesen, obwohl dieses Metier fast ausgestorben ist). Schlagzeile: „Der Präsident der Vereinigten Staaten von Europa, Matthias Wagenknecht, hat sich mit dem Präsidenten der führenden Wirtschaftsmacht der Afrikanischen Staaten zu einem Gipfeltreffen in Maputo zusammengefunden."

Nachdem Chrom spätestens seit 2050 zum wichtigsten Rohstoff der Welt geworden war, ging es mit dem ehemaligen Armenhaus der Welt rasanter aufwärts, als das jemals bei einem anderen Land in der Geschichte der Fall war. Die enormen Chromvorkommen werden benötigt, um Raum- und Vakuum-Energie-Konverter zu bauen, die zur wichtigsten Energiequelle des Planeten geworden sind. Weiterhin lese ich, dass dem Kölner Süden eine weitere enorme Hochwasserkatastrophe droht, die dann wohl dafür sorgen wird, dass selbst die Ärmsten der Armen endgültig nicht mehr in diesen Teil der Stadt zurückkehren werden. Mit der Katastrophe droht auch eine neue Grippewelle. Letztes Jahr hatte Köln zehntausend Grippetote zu beklagen, weil immer noch kein wirksames Mittel gegen multiresistente Keime entwickelt wurde. Der antibiotische Massenwahn hatte sich weit bis in dieses Jahrhundert fortgesetzt. Nun fordert der globale Rachefeldzug der viralen Armeen jedes Jahr Millionen von Toten.

Nicht ein einziger Artikel thematisiert den Aufstand der Armen. Dabei weiß jeder, dass in Deutschland ein Bürgerkrieg droht. Militante Revolutionäre beherrschen die riesigen Ghettos und finden immer mehr Anhänger. Zerknirscht falte ich die Zeitung wieder zusammen und fühle mich einsam. Daran ändert sich auch nichts, als der nächste Glückwunschbote mein Holotelefon zum Klingen bringt. Ich schaue nicht mal nach, wer es ist, und lehne mich, die Augen geschlossen, im Sessel zurück. Es ist nicht die Sturheit des Alters, weshalb ich mich sträube, weitere Anrufe entgegen zu nehmen. Allein die Schwermut des endgültigen Abschieds macht es mir schwer, mit den ahnungslosen Leuten zu reden. Denn ich weiß, dass ich heute sterben werde. Bisher sind sämtliche Erlebnisse meiner schamanischen Reisen wahr geworden und heute vor 57 Jahren habe ich meinen Tod gesehen. Viele Menschen werden heute sterben müssen. Trotzdem ist es ein guter

Tag. Der Tag der Revolution. 80 Prozent der Bevölkerung leben unter menschenunwürdigen Zuständen in polizeilich abgeschirmten Zonen. 40 Prozent können kaum mit Nahrungsmitteln versorgt werden. Nichts auf der Welt macht eine Bevölkerung hellhöriger für die Stimmen der Gewalt als Hunger. Glücklicherweise finden sich gegen Ende des 21. Jahrhunderts genügend intellektuelle Köpfe in Deutschland, die auch das nötige Charisma besitzen, um das Volk zu vereinen. Irgendwo und irgendwann wird immer ein neuer Che Guevara geboren. Ein Adolf Hitler hoffentlich nur einmal.

Dem Tod sehe ich gelassen entgegen, denn wenn jemand an Wiedergeburt glaubt, dann ich. Trotzdem macht es mich wehmütig, von diesem Leben Abschied nehmen zu müssen. Ich betrachte mein wunderschönes Wandrelief von Krishna, dem Flötenspieler. Möge ein Hauch seines Flötenspiels Samsara begünstigen, mir guten Wind, aber keinen Wirbelsturm bescheren, wenn ich in den nächsten Körper inkarniere. Ein bisschen Glück werde ich brauchen, denn während Dreiviertel der Bevölkerung im Elend versank, habe ich die letzten 40 Jahre im Luxus geschwelgt. Zu verlockend waren die Früchte des Erfolges, die mir nicht in den Schoß gefallen sind. Ich rufe meinen Roboter, der mir die aktuellen Fernsehnachrichten ins Wohnzimmer zaubert. Ich habe keine Ahnung, wie er das fertig bringt. Er ist eben ein echtes Multitalent. Beunruhigende Bilder zeigen, wie sogenannte Terroristen die Polizeibarrikaden an den Ghettogrenzen dem Erdboden gleichmachen. Es wird nicht lange dauern, bis sie Kalk erreicht haben und die Sicherheitskräfte meiner Luxusherberge überwunden haben.

Okay Leute, dann mal los. „Eat The Rich", macht uns fertig.

Sie werden uns fertig machen. Schließlich habe ich ein echtes Déjà-vu. Es folgt eine Live-Ansprache des Bundeskanzlers aus Maputo: „Liebe deutsche Landsleute", mit dieser Begrüßung stellt er sofort klar, dass er nur zu der Minderheit spricht, der auch ich angehöre. „Terroristische Gruppierungen haben unserer Gesellschaft heute den Krieg erklärt. Wir werden es nicht zulassen, dass die Feinde unseres Volkes ... bla bla bla. Die Feinde der Demokratie ... bla bla. Das Gute wird siegen ... bla." Noch mehr Phrasen. „Ich werde auf der Stelle zurück nach Deutschland ... bla ..."

Ja, du wirst dich auf der Stelle in die schottischen Highlands begeben und zittern, dass sie deiner Burg niemals einen Besuch abstatten.

Angewidert gebe ich dem Roboter das Signal zu Abschalten. Ich weise ihn an, mir den besten Whiskey zu bringen, den er in der Bar finden kann. Er kommt wieder mit einer Flasche Glenfarclas. 60 Jahre alt, runde fünfzehntausend Euro wert. Eine gute Wahl! Dazu gibt es eine Cohiba-Zigarre, was sich hervorragend ergänzt. Mit jedem Zug und jedem Schluck werden Erinnerungen lebendig. Ich verharre im Anblick meiner lange verstorbenen Frau, deren Gestalt sich immer deutlicher aus dem Zigarrennebel hervorhebt. Sie lächelt bescheiden, als sie meine Tränen sieht. Draußen kommt das Gewitter näher und die MG-Salven werden lauter. Für mich klingen sie wie Abschiedsgrüße. Einem hellen Blitz folgt eine gewaltige Detonation und ich verabschiede mich endgültig.

Verschwommenes Kerzenlicht dringt durch salzhaltige Tropfen in meine Pupillen. Tashi trocknet mein Gesicht mit dem Bund ihres Pulloverärmels. Ihre Augen schauen dunkel und zärtlich wie schwarze Rosen.

„Kein Abschied ist für immer", sagt sie und faltet die Hände zu einem anmutigen *Namaste*.

Norbert Görg
UNGEHEUERLICHES

I

Ich kann nicht schwimmen.

Trotzdem kam ich gut durchs Leben. Auch wenn ich nicht aus der Masse herausstach, so verfügte ich immerhin über ein stattliches Bankkonto. Besser als nichts.

In der Nähe meiner Wohnung war nur wenige Kilometer entfernt ein kleiner Wald, an den ein See grenzte. In einem Sommer vor vielen Jahren, ich mochte Anfang zwanzig gewesen sein, durchdrang eine Gluthitze das Land. Ich lag mit zwei Freunden und einer Frau am Ufer des Sees. Wegen der unberechenbaren Tiefe war das Schwimmen darin untersagt. Was mir sehr gelegen kam. Meine Freunde dagegen zogen sich nach kurzer Beratung splitternackt aus und sprangen ins kühle Nass. Ich blieb mit der Frau zurück auf einer großen Decke mit Tigermotiv, sie im Bikini, ich in enger Badehose. Wir redeten über die Welt, das ist leichter als über sich selbst. Ihre Augen glühten. Mitten in einem Satz stand sie plötzlich auf, schnappte sich die Luftmatratze und zog mich mit sich ans Ufer. Es war steinig und die Böschung nahezu verdorrt. Sabrina warf die Matratze auf das Wasser und forderte mich auf, mich auf diese zu legen. Obwohl ich mir der Gefahr bewusst war, folgte ich Sabrinas Worten. Sie glitt ins Wasser und zog mich und mein Wasserbett schwimmend und lachend mit sich.

Die Sonne stach mir ins Herz. Die Hitze rammte sich in meinen Kopf; er war taub wie eine Honigmelone. Mitten auf dem See spürte ich den Sog der Tiefe. Wie eine kühle Brise fuhr er durch meinen Körper. Dabei war es völlig windstill. Gern wäre ich ins Nass hineingetaucht, um mich zu erfrischen und um unten auf dem Grund etwas zu finden, etwas Unbekanntes, Fremdes. Der See barg ein Geheimnis, das spürte ich.

Mir fiel auf, dass Sabrina mich nicht mehr zog. Im nächsten Moment schaukelte meine Matratze, nackte Leiber tauchten neben ihr auf und wieder weg. Die Spiegel auf dem Wasser blitzten mit leuchtenden Punkten. Ich hielt mich an den Rändern der Matratze fest. Spürte aber keine Angst. Eher die Lust, mich fallen zu lassen. In der Hingabe die Tiefe des Seins zu erkunden, ihr bis auf den Grund zu gehen. Die Matratze schaukelte immer heftiger. Als wäre ein Ungeheuer am Werk. Sabrina kreischte etwas Unverständliches. Da beruhigte sich der See. Das Ungeheuer hatte sich in seine Untiefen verkrochen. Wieder am Ufer angekommen, nahm mich Sabrina in den Arm.

II

Der Sommer war heiß und trocken gewesen. Aber heute, an meinem dreiundvierzigsten Geburtstag, hatte sich ein feuchter Schleier auf das Land gelegt, und in der Ferne grummelte es, ein Gewitter kündigte sich an.

Geburtstage feiere ich ohne Sentimentalitäten. Jeder wird älter. Jeden Tag, jede Sekunde. Ich habe nichts versäumt in meinem Leben. So kann ich gelassen dem Alter entgegen sehen. Dachte ich. Bis zu meinem Geburtstag. Bis Armin kam.

Armin war nicht eingeladen. Plötzlich stand er mitten im Raum. Als er mich sah, winkte er mir freundlich zu. Ich musste sehr betroffen geschaut haben, denn er lachte und machte eine beschwichtigende Geste. Er kam zu mir und umarmte mich. (Das hatte er noch nie gemacht.) Ich roch seinen Alkoholatem. Schüttelte ihn ab wie ein lästiges Insekt. Immer noch lachte er. Als ich ihn das letzte Mal gesehen hatte, war er schlanker. Eingefallener. Jetzt hatte er graue Schläfen und gesunde Zähne. Armin war das schwarze Schaf der Familie: keine Schulausbildung, sein

Leben lang herumgejobbt, unverheiratet, nicht einmal längere partnerschaftliche Beziehungen. Ziellosigkeit warf ihm unser Vater vor. Und Gleichgültigkeit dem Leben gegenüber.

„Wo ist deine Frau?", fragte er.

„Sie ist im Schlafzimmer und vögelt gerade mit meinem besten Freund", sagte ich.

Er schaute verblüfft.

„Ein Scherz", erklärte ich.

Armin stieß mich freundschaftlich in die Seite. „Deinen Humor hast du nicht verloren."

Den du nie hattest, dachte ich. Freude und Leid, ihn wiederzusehen, lagen dicht beieinander. Freude: weil es ihm besser zu gehen schien, Leid: weil ich Angst vor ihm hatte.

Meine Frau begrüßte Armin mit reservierter Herzlichkeit. Sylvia trug ein geblümtes Kleid und eine Spange im dunklen, schulterlangen Haar. Die meisten meiner Gäste kannten Armin nicht, er wechselte hier und da ein Wort und beobachtete mich ansonsten aus den Augenwinkeln. Genauso wie ich ihn.

Auf dem Weg zur Toilette begegneten wir uns im Flur.

„Wo warst du so lange?", fragte ich Armin.

„Hier und da und nirgends."

„Du hättest dich mal melden können!"

Die Freundlichkeit verschwand jäh aus seinen Augen.

„Als wenn dich das interessieren würde, wo ich bin und was ich mache."

Er hatte Recht. Aber er war mein Bruder.

„Hat es dich interessiert, was ich mache?", fragte ich.

„Warum sollte es? Du warst immer der Liebling von allen. Immer stand ich in deinem Schatten. Der unbeliebte Nichtstuer Armin."

„Ich habe mir alles hart erarbeiten müssen", erwiderte ich barsch.

„Das ist es ja, du hast nichts kapiert", rief er. „Der Sinn des Lebens ist nicht, ein Haus zu bauen und eine Familie zu gründen!"

„Was denn sonst? Wenn es das nicht ist, gibt es keinen Sinn!"

„Es gibt keinen Sinn. Deshalb ist ja die Welt voller Elend! Deshalb regieren Habgier und Krieg. Nur du in deiner Scheinwelt willst das nicht wahrhaben und lebst auf Kosten der anderen!"

„Im Grunde bist du nur neidisch", sagte ich ruhig. „Du verachtest das, was du nicht haben kannst."

„Was nutzt dir die Kohle, wenn du im Grab vermoderst?", erwiderte Armin.

„Hört auf! Seid ihr verrückt geworden?"

Sylvia war unbemerkt zu uns getreten. „Gebt euch die Hand und vertragt euch", forderte sie uns auf. Sie war etwas angetrunken, wie wir auch. Wir folgten der Aufforderung mürrisch. Wie Jungs beim Fußballspiel, die vom Schiedsrichter ermahnt wurden.

Als wir wieder ins Wohnzimmer kamen, verabschiedete sich ein Teil meiner Gäste.

„Wir wollen vor dem Gewitter zu Hause sein", erklärte Hans, mein Cousin.

„Ich habe draußen mehrere Männer mit Sandsäcken vorbeigehen sehen", bemerkte Karl, mein Arbeitskollege von der Bank.

„Es ist Hochwasser angesagt", erklärte Cordula, die Frau von Hans.

„Aber doch nicht hier oben", sagte ich. „So weit hat der Rhein noch nie seine Arme ausgebreitet."

„Keine Sorge. Hier sind wir sicher", bekräftigte Sylvia und legte ihre Arme um mich und meinen Bruder, als wäre die Welt in Ordnung.

„Aber es ist schon spät und wir hatten eine anstrengende Woche", sagte Cordula und zupfte sich ihren Seidenschal zurecht.

„Wir gehen auch", sagte Georg, ein alter Freund aus Studienzeiten. „Ich möchte meinen Kater nicht allein lassen, wenn das Unwetter anfängt zu toben."

Es blieben Sylvia, Karl, ein guter Freund, und Eddy, ein Nachbar. Und mein Bruder Armin.

Die Gespräche plätscherten vor sich hin. Bis nach etwa einer Stunde Sylvias Schrei aus dem Flur ertönte. Schrill, wie ich ihn noch nie erlebt hatte. Ich eilte zu ihr und sah die Bescherung: Der Flur war voller Wasserlachen. Vor Überraschung biss ich mir auf die Zunge. Ein Rohrbruch, dachte ich. Aber das Wasser kam von außen. Ich öffnete die Haustür und sah, dass die Straße bereits fußknöchelhoch überflutet war.

„Das muss vom Rhein kommen", rief jemand.

Ich durchquerte das Haus und trat in den Garten. Hier bot sich mir ein Bild des Schreckens: Das Wasser stand bereits kniehoch; am Horizont, nur einen Steinwurf entfernt, türmte sich die mächtige, graue Eminenz des Rheins. Als die anderen Gäste das Unheil sahen, machte sich Entsetzen breit.

„Wir müssen hier weg!", rief Karl und lief zurück auf die Straße.

„Wir können doch nicht einfach unser Haus im Stich lassen!" Sylvia schaute mich mit entsetztem und fragendem Blick an.

„Das ist doch nur ein bisschen Wasser", sagte mein Bruder und zwinkerte ihr wie im Bündnis zu, „da kann nicht viel kommen. Keine Panik."

Sylvia atmete tief durch. „Wir holen erst unsere Wertsachen und Papiere."

Ich stand wie gelähmt. Starrte auf das strömende Wasser. Unwirklich wie ein Traum. Wie war so etwas möglich?

„Ich muss nach Hause", sagte Eddy. „Es kann sein, dass das Wasser sogar unser Haus erreicht."

Klar war, dass das Wasser weiter stieg. Eine Katastrophe drohte.

„Willst du wirklich noch die Wertsachen holen?", fragte ich Sylvia.

„Zeit genug wäre", sagte mein Bruder.

„Nein", entschied Sylvia, „wir bringen uns lieber in Sicherheit!" Entschlossen ging sie in Richtung Straße. Mein Bruder folgte ihr in gemächlichen Schritten.

Da sah ich das Boot.

Ein Boot! Da, wo normalerweise die Wiesen in fruchtbarstem Grün kauerten, stand jetzt majestätisch hoch der Fluss. Und da war ein Boot. Darauf stand eine Frau. Sie winkte mir zu. Ich musste mehrmals hinschauen. Eindeutig eine Frau, die mir zuwinkte. Und ich spürte wieder diesen Sog. Wie damals im See.

Ein Hupen ertönte von der Straße. Sylvia saß in dem Wagen, mein Bruder stand unschlüssig davor. Sie stieg aus und rief: „Worauf wartest du? Komm endlich!"

Mein Bruder schlug den Weg ein durch den Garten in meine Richtung.

Der Sog wurde stärker.

Ich konnte nicht anders: Ich musste hin. Diesmal wollte ich es wissen. Was es mit dem Sog auf sich hatte. Sylvia schrie mir hinterher: „Wo willst du hin? Bist du verrückt geworden? Komm zurück!"

Das Wasser. Nicht mein Freund. Es umspielte herausfordernd meine Füße. Noch spürte ich den sicheren Boden. Wer war die Frau? Warum winkte sie mir zu? Wenn ich zu ihr wollte, hätte ich knietief im Wasser waten müssen.

Ich blieb stehen. Witterte die Gefahr. Noch konnte ich zurück. Aber wenn ich jetzt nicht weiterging, ermahnte ich mich, würde ich dem Geheimnis nie auf die Spur kommen! Wenigstens einmal im Leben auf dem Seil tanzen, dachte ich. Ohne Sicherheitsnetz. Ich spürte, wie der Regen einsetzte. Wie Tränen benetzte er mein Gesicht.

Ich tappte durch das Wasser, das Geräusche machte, wie Wasser Geräusche macht: plätschernd, schwappend, gluckernd, glucksend, blubbernd, rauschend ... Als ich in der Nähe des Bootes war, erkannte ich das Gesicht der Frau: Es war Sabrina. Ich meinte ihre mir vertraute, melancholisch-sanfte Stimme zu hören, aber vielleicht war es auch Einbildung: „Komm mit mir!"

Erst jetzt nahm ich den alten Mann mit grauem Vollbart neben ihr wahr. Er blinzelte mir aufmunternd zu, als ginge es um einen harmlosen Spaß.

„Du machst einen Fehler", sagte jemand hinter mir. Es

war mein Bruder. „Es ist nicht Sabrina, sie ist ein falsches Abbild, eine Sirene."

„Woher willst du das wissen? Du kennst sie nicht einmal."

„Erinnerst du dich an den See, auf dem du damals mit der Luftmatratze triebst? Ich habe dich und Sabrina beobachtet."

„Aha. Und?"

„Ich habe dir den Tod gewünscht!"

In mir zog sich etwas zusammen.

„Na, dann kannst du mich jetzt reinen Gewissens ziehen lassen."

Ich wandte mich dem fremden Mann im Boot zu.

„Wohin geht die Reise?", fragte ich ihn, als spielte das eine Rolle.

„An das andere Ufer. Dort sind wir sicher."

Seine sonore Stimme ließ seltsamer Weise keinen Zweifel aufkommen. Ich stellte nicht die Sinnlosigkeit seiner Antwort in Frage: Warum sollte es am anderen Ufer sicherer sein als hier? Den Fluss zu überqueren war so wahnsinnig wie überflüssig.

„Worauf wartest du?", sagte der Alte. „Wovor hast du Angst?"

Ich spürte Sabrinas Blicke. Meine Gedanken kreisten wild durcheinander.

„Du hast keine Angst vor dem Wasser", fuhr der Alte fort, „du hast auch keine Angst vor dem Tod, sonst wärst du nicht hier. Du hast Angst vor dir selbst!"

„Unsinn!", murmelte ich und bestieg umständlich den Kahn. Er schaukelte verdächtig. Endlich war ich drin. Der Alte trug ein dunkles Regencape und schaute ernst und wachsam. Sein Gesicht war zerfurcht, eine Narbe teilte die linke Wange.

Das Boot hörte nicht auf zu schaukeln. Ich bemerkte, dass auch mein Bruder zugestiegen war.

„Was willst du denn hier?", fuhr ich ihn an.

„Vielleicht dasselbe wie du", antwortete er ausweichend.

Ich wandte mich zu Sabrina, starrte sie an. Sie saß dicht vor mir. Wortlos. Lächelnd. Ebenfalls in Regensachen gehüllt. Ihr Gesicht hatte sich seit damals kaum verändert. Ihre Blicke verwirrten mich. Ließen mich taumeln. Aber vielleicht war es auch das Schaukeln des Bootes. Was wollte sie hier? Von mir?

Als der alte Mann losruderte, spürte ich wieder den Sog unter mir. Das Gewitter schien sich verzogen zu haben, es war gespenstisch still. Nur der dünne Regen strich mir ins Gesicht. Allerlei hatte der Strom bereits mit sich gerissen, entwurzelte Bäume trieben vorbei, Sträucherteile und Unrat. Der Dom war im Dunkel der Nacht verschwunden.

Was ist, wenn der Kahn kentert, dachte ich.

„Dann gehen wir gemeinsam unter", sagte Sabrina lächelnd.

„Warum bist du hier?", fragte ich sie.

„Warum bist du hier?", entgegnete sie.

„Du hast mir gewunken!"

Der Wind frischte plötzlich auf, er peitschte uns den Regen ins Gesicht. Ich spürte, wie das Wasser an mir herabrann.

Sabrina antwortete nicht.

Ich drehte mich zu meinem Bruder, der sich mit etwas Abstand neben mich gesetzt hatte. „Warum wolltest du mich damals tot sehen?"

Armin warf einen vielsagenden Blick auf Sabrina. Die zelebrierte ihr Lächeln.

„Ich habe mich nie verlieben können", sagte Armin, „So sehr ich es auch wünschte."

„Das ist nicht meine Schuld!", erwiderte ich, betäubt von seinen Worten und den feuchten Ohrfeigen des Windes.

„Sagt auch keiner."

„Und Sabrina?"

„Sie war die Ausnahme. Wir waren zusammen. Bis du kamst."

„Stimmt das?", fragte ich Sabrina.

Sie lächelte nur. Starr wie eine Maske.

„Ich weiß nicht, wie das hier ausgeht", sagte mein Bruder. „Aber statt Geld anzuhäufen, hättest du besser schwimmen gelernt!"

Es klang wie eine Drohung. Wollte er sich an mir rächen? Aber was hatte Sabrina damit zu tun? Die Peitschenschläge des Windes rüttelten mich plötzlich wach.

Von mir aus kannst du Sabrina geschenkt haben, dachte ich.

Sabrinas starres Lächeln versiegte.

Der Alte legte die Ruder beiseite und wandte sich zu ihr.

„Wer?" fragte er.

Sabrina deutete auf mich.

Sie ist eine Sirene, hatte mich mein Bruder gewarnt.

Als der alte Mann aufstand, bemerkte ich, dass er doch nicht so alt war. Dafür war er riesengroß und stämmig. Ich war in der Falle.

Steckten Armin und Sabrina unter einer Decke? Aber warum hatte er mich dann gewarnt? Mein Gedankenstrom riss abrupt ab. Der Ruderer trat auf mich zu. Das Boot schaukelte stark. Ich hielt mich an der Sitzbank fest. Er zerrte mich von der Bank los und stieß mich mit einem gezielten Prankenhieb über Bord. Ich tauchte ins eisig kalte Wasser.

III

Der Weg zum „Großen Geheimnis" war geebnet. Ich spürte seltsamerweise keine Panik in dem Strudel, der mich hinunterzog, eher eine Mischung aus Neugierde, Sehnsucht und ein wenig Angst.

Für einen Moment sah ich Sabrina vor mir, als wäre sie mir hinterher gesprungen. War sie das Ungeheuer? Aber sie löste sich wieder wie eine Seifenblase auf. Das Geheimnis musste tiefer liegen. Auf dem Grund.

Dann sah ich meinen Vater und meine Mutter. Mein Vater schaute ernst und misstrauisch, als könnte er nicht glauben, was er sah. Meine Mutter lächelte gutmütig, fast warmherzig, aber auch ein wenig mitleidig. Dann sah ich ein paar Frauen aus früheren Beziehungen. Ihre Gesichter waren starr und kalt, wie tot. Ein eingefrorenes Lächeln umspielte ihre roten Lippen.

Ich spürte nun die Kälte und sehnte mich nach dem Grund.

Durchhalten, mahnte ich mich und hielt den Mund geschlossen. Gleich musste ich unten sein.

Als ich den weichen Grund an den Füßen spürte, sah ich mich um. Die grau-braune Brühe gab nichts her, keine Fische, was nicht verwunderlich war, aber auch keine Algen, keine Pflanzen, keine Steine. Nichts. Enttäuschung machte sich in mir breit. Und Panik.

Dann sah ich etwas blitzen. Ich näherte mich mit strampelnden Bewegungen dem Ding. Ich erkannte: Es war ein Spiegel. Ich sah hinein.

Ich sah – nichts.

Aber es war ein Spiegel! Ich sah noch einmal hinein. Wiederum: nichts. Da begriff ich: Die Welt ist eine Illusion. Mein Geld: Illusion. Der Streit mit meinem Bruder: Illusion. Der Sex: Illusion. Die Zeit: Illusion. Der Raum: Illusion. Die Angst: Illusion. Der Tod: Illusion: Das Leben: Illusion. Und die Liebe?, dachte ich. Die größte Illusion!, fuhr es mir heiß durch den Schädel. Alles ist endlich, brannte es sich in mir ein, alles löst sich wieder auf. Wir können nichts von dem, was wir gewinnen, festhalten. Wir können es nur so nehmen, wie es kommt. Und müssen es irgendwann wieder loslassen. Alles. Und es war gut so! Meine Habgier, meine stille Verzweiflung, meine Ängste, die bisher mein Leben bestimmt hatten, lösten sich im Spiegel wie alles andere auf. Und eine tiefe Ruhe und Gelassenheit durchströmte mich.

Im nächsten Moment kam ein dunkler Schatten angeschossen und zog mich mit sich. Ich wehrte mich, ruderte mit Armen und Beinen, vergeblich.

Als ich erwachte, lag ich auf einer Krankenbahre. Mein Bruder stand neben mir. Wir waren in der Nähe des Flusses, ich konnte ihn riechen. Ich erkannte unser Haus. Meine

Frau und einige Nachbarn umringten mich. Mein Bruder lächelte mir zu. „Das war knapp", sagte er.

Die Sanitäter schnallten mich fest, hoben mich hoch und schoben mich in den Krankenwagen.

Sandra Rochaz
LAND UNTER

‚Wie Karneval meine Karriere ruinierte! Das war doch mal ein klingender Aufmacher für den Express', dachte sich Verena. Vor dem Spiegel der Damenumkleide ging sie ein wenig in die Knie. Nur so konnte sie den Sitz der Uniform vollständig prüfen. In diesen Tagen war ein lupenreines Auftreten wichtiger denn je. Mit einem Seufzen richtete sie den Kragen unter dem dicken Winterpulli. So ganz richtig war es nicht, dem armen Karneval die Schuld für ihre prekäre Lage in die Schuhe zu schieben. Sie kam nicht umhin, ihre eigene Verantwortung an dem ganzen Desaster zu akzeptieren. Und warum? Gruppenzwang gepaart mit jugendlicher Dummheit. Ja, das war wohl eine zutreffende Diagnose.

Verena warf einen Blick auf die Uhr. Das aufmunternde Grinsen im Spiegel war eher eine Grimasse. ‚Zeit für die

Höhle des Löwen', dachte sie sich und öffnete entschlossen die Tür. Ihr Bärenführer lehnte bereits an der Wand gegenüber.

„Hi. Können wir los?"

„Sicher. Wofür sind wir heute eingeteilt?"

„Kontrolle der Bereiche, die evakuiert wurden. Wir sollen sicherstellen, dass niemand in seine Wohnung zurückgekehrt ist." Ohne ein weiteres Wort drehte Andreas sich ab und machte sich auf den Weg zu ihrem Einsatzwagen. Mit einem Seufzer folgte sie ihm. Zu Beginn ihrer Ausbildung hatte sie den Begriff Bärenführer für den erfahrenen Kollegen, der die Ausbildung der jungen Kollegen übernahm, in Verbindung mit einem eher schmalen Mann wie Andreas es war, niedlich gefunden. Doch seit Karneval hatte Andreas' Haltung ihr gegenüber absolut nichts Niedliches mehr. Ob es Absicht von ihrem Dienstgruppenleiter war, dass sie unweigerlich in jeder Schicht mit Andreas auf einem Auto landete? Jeden Dienst sieben bis neun Stunden mit dem Mann zu verbringen, den sie um das wohl bedeutendste Ereignis im Leben eines jungen Ehepaares gebracht hatte. Mit einem Seufzen ließ sie sich auf den Beifahrersitz fallen.

‚Gott sei Dank für die Radios in den neuen Streifenwagen.' Schweigend saßen sie nebeneinander, das Radio dudelte leise vor sich hin, unterbrochen von den zahlreichen

Funksprüchen, die durch den Äther drangen. Dazwischen die Sondersendungen des WDR zu dem aktuellen Stand des Jahrhunderthochwassers. Der Titel war bereits ein paar Mal vergeben worden, aber diesmal schien sich der Rhein wirklich alle Mühe zu geben, alles bisher Gewesene in den Schatten zu stellen. Der Pegel stieg seit Tagen konstant. Nun, das traf nicht nur auf den Rhein zu. Der Pegel der Missstimmung zwischen ihr und ihrem Kollegen zeigte ebenfalls eine zuverlässige Steigerung auf Eskalationsstufe.

Verena atmete innerlich auf, als sie endlich in dem abgesperrten Bereich ankamen, den sie nun kontrollieren sollten. Beim Aussteigen blickte sie auf die schlichten, schwarzen Gummistiefel an ihren Füßen. Das Wasser stand hier, gut einen halben Kilometer von der Rheinpromenade, knöchelhoch. Tendenz steigend. Der Rheinufertunnel war bereits seit Tagen geflutet und unpassierbar. Für Polizei und Rettungskräfte bedeutete das mehrfach am Tag nicht unerhebliche Umwege in Kauf zu nehmen, um zu den diversen Einsatzorten im Norden und Süden entlang des Rheins zu gelangen. Mit schweren Schritten patrouillierten sie durch das Viertel rund um den Mühlenbach. Tagsüber wirkten die leeren Häuser und Geschäfte trist, doch Verena konnte sich nur zu gut vorstellen, dass die Kulisse nachts einem Horrorfilm ähnelte. Ihr Blick fiel auf den Kollegen neben ihr. Noch vor wenigen Wochen hätte sie den Gedanken laut ausgesprochen und Andreas hätte sie damit aufgezogen, um ihr bei nächster Gelegenheit den Schrecken ihres Lebens zu verpassen.

Verena schüttelte sich einmal kurz und zwang ihre Gedanken zurück zu ihrer aktuellen Aufgabe. Sie liefen in der Mitte der Straße, um auch die oberen Etagen besser sehen zu können. Fenster um Fenster suchten sie ab, doch bisher war nirgends ein Lebenszeichen zu sehen.

‚Eigentlich müssten wir Wohnung für Wohnung kontrollieren', dachte sie sich. Doch dafür war weder Zeit noch Personal da. Mehr als diese Stichproben war nicht drin. Die Verantwortlichen mussten einfach darauf vertrauen, dass gesunder Menschenverstand und wenn nicht der, dann zumindest der Überlebensinstinkt, die Leute von einer Rückkehr in die akut bedrohten Wohngebäude abhielt. Über zwei Stunde durchliefen sie systematisch das Viertel, gingen jede noch so kleine Stichstraße ab. Am Ende der Straße konnte Verena nun bereits wieder den Streifenwagen sehen. Seit sie ihn abgestellt hatten, war das Wasser wieder um ein paar Zentimeter gestiegen und reichte nun schon deutlich über ihren Knöchel.

Die junge Polizeianwärterin wollte gerade wieder in den Streifenwagen steigen, als sie meinte, in dem Haus an der Ecke ein Licht zu sehen.

„Andreas, ich glaube, da ist was", rief sie ihrem Kollegen im Streifenwagen zu und ging dann auf das Haus zu. Sie hob das Megafon an den Mund. „Polizei, der Bereich wurde evakuiert. Bitte verlassen Sie Ihre Wohnung und begleiten uns zur nächsten Unterkunft."

„Was ist los? Wir müssen weiter." Andreas war halb ausgestiegen und rief ihr nach. Sein Ton spiegelte die geballte Ungeduld der letzten Wochen.

„Ich hab Licht gesehen."

„Das ist unmöglich. Der Strom ist hier schon lange abgestellt. Viel zu gefährlich."

„Ich sag dir, da war was." Angestrengt suchte sie die Fenster ab. Im dritten Stock, direkt unter dem Dach hatte sie das Flackern entdeckt. Sie zuckte zusammen, als Andreas neben sie trat.

„Wo?"

„Da oben, in der Wohnung unterm Dach. Könnte Kerzenlicht oder von einer Taschenlampe gewesen sein." Doch so sehr sie sich bemühte, sie konnte das Licht nicht mehr finden.

„Keiner ist so irre, hierher zurück zu kehren. Die Häuser sind seit Tagen vom Wasser umspült, teilweise unterspült, wo die Baustellen für die neue U-Bahn sind. Lass uns weiterfahren. Wir haben noch ein paar Blöcke vor uns."

Nur zögernd wandte sich Verena von dem Haus ab. Sie konnte ja verstehen, dass Andreas nicht mehr gewillt war ihrem Urteil zu vertrauen. Trotzdem. Sie war sich hundertprozentig sicher, dass da etwas war. Aber Andreas war der Boss, wenn er keine weiteren Maßnahmen für nötig befand, waren ihr die Hände gebunden.

Die Hälfte der Schicht verbrachte sie mit Andreas auf weiteren Patrouillen. Bei keiner anderen hatte sie ein ähnliches Erlebnis. Alle Viertel lagen verlassen im Wasser. Einzig ein paar Fälle von Vandalismus und Einbrüchen in die verwaisten Geschäfte hatten sie aufgenommen. Doch die vermeintlich bewohnte Wohnung am Mühlenbach ging ihr nicht aus dem Kopf. Einsam brütete sie über ihrer Suppe, die von den Ehrenamtlern des Roten Kreuzes für alle Diensthabenden gekocht und verteilt wurde. Der Koch verstand offenbar sein Handwerk und nach einem Morgen in eiskaltem Wasser weckte die deftige Suppe die Lebensgeister. Doch Verena hätte genauso gut Tapetenkleister löffeln können. Sie war so darin vertieft, ihre nächsten Schritte abzuwägen, dass sie alles in sich hinein geschaufelt hätte, solange es nur heiß genug wäre.

Drei Stunden später hatte sie es endlich geschafft. Ein weiterer Einsatz mit Andreas war ihr zum Glück erspart geblieben. Während sie aus ihrer Uniform stieg, blitzte erneut das alte Haus am Mühlenbach in ihr auf. Mit einem Gruß verließ sie die Wache und stieg auf ihr Fahrrad, das zuverlässigste Transportmittel dieser Tage. Wenig später stand

Verena an derselben Straßensperre und blickte auf das Haus an der Ecke. Sie kettete ihr Fahrrad an einen Laternenpfahl und ging vorsichtig auf das Haus zu. Wieder hatte sie den Eindruck, einen Lichtschein in dem Fenster im dritten Stock zu sehen.

Festen Schrittes näherte sie sich der Haustür. Klingeln war hinfällig. Sie drückte gegen die Haustür und war überrascht, dass diese tatsächlich nachgab. Die Tür gegen die Wassermassen im Hausflur aufzustemmen erforderte dann doch einiges an Muskelkraft. Schließlich hatte sie eine Lücke geschaffen, die groß genug war, dass sie sich hindurchzwängen konnte. Für einen Moment zögerte sie. Der dunkle Flur wirkte unheimlich, das Wasser schimmerte tiefbraun. Kurz war sie versucht umzukehren und ihr Gefühl, dass da jemand sein könnte, der Hilfe benötigte, zu ignorieren. Doch das Bedürfnis zu helfen und sicherzugehen, dass niemand zurückblieb, war größer. Langsam watete sie durch das wadentiefe Wasser auf die Treppe zu, ihre Füße spürte sie in dem eisigen Wasser kaum noch. Mühsam erklomm sie in den durchweichten Turnschuhen die Treppe. Trotz der Anstrengung zitterte sie am ganzen Körper. Die eiskalten Füße übermächtig gegen das bisschen Wärme, die ihr von Bezwingen des steilen Treppenhauses in die Wangen stieg.

Endlich gelangte sie im dritten Stock an. Durch die alte

Milchglastür drang nun deutlich das Flackern von Kerzenlicht. Mit der geballten Faust hämmerte sie gegen die Tür.

„Polizei Köln. Öffnen Sie die Tür."

Einen Moment drang nichts als atemlose Stille durch die Tür. Dann vernahm sie erst leise, dann deutlicher ein schweres Schlurfen.

Das Schaben eines Schlüssels, der im Schloss gedreht wird, hallte durch den Flur, dann öffnete sich, von einem leisen Klimpern begleitet, die Tür soweit es die Kette erlaubte.

„Polizei? Wo ist Ihre Uniform?" Durch den schmalen Spalt war in der Dunkelheit nur die Hälfte des Gesichts eines alten Mannes erkennbar, aber in den Zügen lag blanker Argwohn. Verena kramte ihr Portemonnaie aus der Hosentasche und hielt ihren Ausweis direkt vor den Spalt. Der Alte kniff die Augen zusammen und starrte blinzelnd auf die Plastikkarte. „Das erklärt noch nicht, warum Sie keine Uniform tragen. Die letzten Tage hat man keinen Ihrer Kollegen hier ohne gesehen."

„Ich muss Sie auffordern mitzukommen. Dieser Stadtteil wurde großräumig evakuiert. Das bedeutet, dass es allen Anwohnern bis auf weiteres untersagt ist, in ihre Wohnungen zurück zu kehren. Bitte löschen Sie alle Kerzen, ziehen sich etwas Warmes an und nehmen Sie ein paar persönliche Dinge mit. Ich bringe Sie in eine der Notunterkünfte."

„Ich gehe nirgendwo hin. Und erst recht nicht in eine dieser Unterkünfte." Mit festem Blick starrte der Unbekannte zurück. Verena neigte sich ein wenig zur Seite, um den Namen auf dem Türschild zu lesen.

„Herr… Brückner, seien Sie…" Mitten im Satz wurde Verena durch ein Poltern über ihren Köpfen unterbrochen. Unwillkürlich zuckte sie zusammen, das Herz schlug ihr bis zum Hals und sie konnte spüren, wie Adrenalin jede einzelne Zelle in ihrem Körper flutete. Trotzdem ihr Puls noch immer raste, wirkte sie äußerlich ruhig und fixierte ihr Gegenüber mit einem strengen Blick.

„Über Ihnen sind doch keine Wohnungen mehr, oder? Wissen Sie, ob sich dort oben jemand aufhält?"

Verena kniff die Augen zusammen, um in dem diffusen Licht besser sehen zu können. Waren das Schweißtropfen auf seiner Stirn?

„Da oben ist nur der ganze Krempel aus dem Keller von den Nachbarn. Irgendwo mussten die ihre Sachen ja lassen."

„Und die Sachen haben Füße bekommen und feiern da oben jetzt eine Party?" Verena warf einen skeptischen Blick auf die Treppe.

„Was weiß ich. Wen interessiert das? Es war ja kaum Zeit, alles aus dem Keller nach oben zu schaffen. Vielleicht ist irgendwas umgefallen." Verena war hin und her gerissen.

Konnte sie dem alten Kerl glauben? Doch vom Dachboden drang kein Laut mehr und so beließ sie das Thema für den Moment auf sich beruhen.

„Wie dem auch sei. Sie müssen trotzdem mit mir kommen. Entweder kommen Sie freiwillig mit oder ich muss meine Kollegen zur Verstärkung rufen. Die Entscheidung liegt bei Ihnen."

‚Wenn Blicke töten könnten...,' dachte sich Verena nur, als der Alte sie anfunkelte. Doch schließlich schloss er die Tür ein Stück und nur einen Moment später hörte sie, wie die Kette an der Tür entfernt wurde.

„Ich komme mit. Aber nur, weil ich mir das Gerede ersparen will. Was sollen die Nachbarn denken, wenn sie hören, dass man mich mit dem Streifenwagen mitgenommen hat. Sie sind doch mit einem normalen Wagen hier?" Herr Brückner griff nach einer kleinen Tasche, die in Türnähe gestanden hatte. Verena kniff die Augen zusammen und war dankbar, dass ihr unfreiwilliger Begleiter mit dem Rücken zu ihr stand. ‚Ja, welcher Wagen?' Vor ihrem inneren Auge sah sie sich den alten Mann auf dem Gepäckträger davon kutschieren. Sorgsam schloss er die Tür ab und prüfte durch ein Rütteln, ob sie auch wirklich verschlossen war. „Also? Wo steht der Wagen? Vor dem Haus habe ich nichts gesehen."

„Sobald wir vor dem Haus sind, kontaktiere ich die

Kollegen. Man wird uns dann oben an der Hauptstraße abholen." Das dämmerige Licht im Treppenhaus verbarg hoffentlich die Röte in ihren Wangen. Doch der Alte schien mit dieser Antwort zufrieden. Zumindest bohrte er nicht weiter nach.

Überrascht bemerkte Verena, dass der Mann nicht so gebrechlich war, wie sie es zunächst angenommen hatte. Trotzdem er die Treppe vor ihr hinab ging, waren sie auf Augenhöhe und dabei war sie für eine Frau nicht gerade klein. Auch schlurfte er nicht langsam hinunter, sondern nahm die Stufen mit festen, sicheren Schritten. Hatte er da oben nur eine Rolle gespielt? Verena kam das Poltern vom Dachboden wieder in den Sinn und sie blickte sich ein paar Mal um. Das Gefühl, dass hier etwas nicht stimmte, ließ sie nicht los. Doch nun musste Herr Brückner erst einmal in Sicherheit gebracht werden. Ob sie Andreas davon überzeugen konnte, sich morgen gemeinsam einmal den Dachboden anzusehen? Einen Versuch war es vielleicht wert, wenn er mitbekam, dass sie auch heute den richtigen Riecher gehabt hatte. Vor dem Haus angekommen achtete sie darauf, dass ihrem Telefonat nicht gelauscht werden konnte. Sie griff nach ihrem Handy und wählte die Nummer der Wache. Erleichtert vernahm sie die Stimme ihres Kommilitonen.

„Ich brauche einen Wagen zum Mühlenbach, der einen

älteren Herrn in eine der Notunterkünfte bringt. Danke." Sie beendete das Gespräch, nachdem Ben ihre Anforderung bestätigte, und sprach ihren Begleiter an. „Kommen Sie mit. Ich warte mit Ihnen an der Hauptstraße, bis die Kollegen da sind. Die kümmern sich dann darum, dass sie einen guten Platz zum Schlafen für die nächsten Tage bekommen." Für ihren Geschmack etwas zu bereitwillig schloss er sich ihr an. Ihr Fahrrad musste warten.

Kurz darauf übergab sie den Mann an ihre Kollegen und watete dann zurück zu ihrem Fahrrad. Trotz dem eisigen Wasser und dem schwindenden Tageslicht beobachtete sie noch einen Moment das Haus. Ihr Blick blieb am Dach hängen. Hier gab es keine Fenster, die einen Lichtschein durchlassen würden. Nur ein paar alte, blinde Dachluken. Der jahrealte Dreck auf den Scheiben gab nichts aus seinem Inneren preis. Endlich riss sie sich los, löste das Schloss am Rad und schwang sich in den Sattel. Der Fahrtwind kühlte ihre nassen Glieder weiter aus und als sie endlich vor dem Haus ankam, das ihre bescheidene Studentenbude beherbergte, waren ihre Lippen blau, ihre Finger wollten kaum gehorchen. Die kühle Luft im Treppenhaus kam ihr heute wie ein warmer Sommerwind vor. Vor Dankbarkeit, dass sie zu ihrer Wohnung nur eine Handvoll Stufen bezwingen musste, begann sie fast zu weinen. Kaum fiel die Wohnungstür hinter ihr ins Schloss, humpelte sie in den kleinen Flur. Die klammen Finger ließen das Schuhe ausziehen zu einer Geduldsprobe werden. Mit eckigen Bewegungen entkleidete sie sich, ließ alles liegen, wie es fiel. Als sie endlich unter den warmen Sprühregen trat, prasselten tausende heiße Stiche auf sie nieder. Nur allmählich verebbte das Gefühl, zum menschlichen Nadelkissen degradiert zu sein. Das Wasser wurde wärmer und mit geschlossenen Augen glitt sie die Wand hinab. Dampf umwirbelte sie und hüllte sie in einen vergänglichen Kokon der Wärme. Verena verlor jegliches Zeitgefühl. Doch dann kam ihr der Alte wieder in den Sinn.

Es war so kalt in dem Haus. Wie konnte er in seiner Wohnung bleiben? War das Risiko, dass er sich eine Lungenentzündung einfing nicht unbeschreiblich hoch? Und warum war er überhaupt zurückgekehrt? Das Gedankenkarussell beendete ihre Regeneration. Wenigstens war ihr nun nicht mehr kalt. In ihren dicken Bademantel gehüllt suchte sie sich ihre wärmsten Klamotten aus und zog sich an. Ihre Füße waren noch immer nicht richtig warm, und nach kurzer Überlegung zog sie sich noch ein drittes Paar Socken über.

Mit einer frisch gebrühten Tasse Tee machte sie es sich kurz darauf auf dem Sofa bequem. Doch mit der geplanten Entspannung wollte es einfach nicht klappen. So sehr sie sich auch bemühte, Verena konnte ihre Gedanken nicht von Herrn Brückner und den Geräuschen vom Dachboden lösen.

Genervt gab sie es schließlich auf. Viel früher als sonst vor der nächsten Frühschicht schlüpfte sie an diesem Abend unter die Decke. Die Aufregung des Tages schien ihren Tribut zu fordern und Verena sank schneller als erwartet in einen unruhigen Schlaf.

Müde tastete Verena am nächsten Morgen nach ihrem Handy. Das schrille Piepsen des Weckers schmerzte in den Ohren. Sie fühlte sich steif und unbeweglich. ‚Hab ich überhaupt länger als fünf Minuten geschlafen?' Laut Uhr hatte sie es auf siebeneinhalb Stunden gebracht. Gar nicht schlecht für eine Frühdienstwoche. Doch das Memo hatte ihr Körper wohl nicht bekommen. Kopf und Glieder schmerzten als wäre eine dicke Erkältung im Anmarsch. ‚Hoffentlich hab ich mir nichts eingefangen. Der Chef reißt mir den Kopf ab.' Mühsam quälte sie sich aus dem Bett, um pünktlich ihren Dienst anzutreten. Hätte sie gewusst, was sie auf der Wache erwartete, hätte sie sich wohl doch für eine Krankmeldung entschieden.

Nach der warmen Dusche, einem großen Kaffee und mit einem extra Paar Socken an den Füßen betrat Verena schließlich überpünktlich die Wache. Gut gelaunt, wenn auch ein wenig erstaunt, begrüßte sie den Wachdienstführer ihrer Schicht, der bereits die Übergabe mit der Nachtschicht machte. Sie war schon fast durch die Tür zu den Umkleiden, als dieser sie ansprach.

„Verena, wenn du dich umgezogen hast, komm bitte direkt nochmal her. Der Chef will etwas wegen des alten Mannes von gestern Nachmittag mit dir besprechen."

„Okay." Verena setzte ihren Weg zu den Umkleiden deutlich langsamer fort. ‚War da was schief gelaufen?' Sie blieb wie angewurzelt stehen. ‚Nein, nein, nein! Wie hatte ich nur so doof sein können? Warum konnte ich nicht einmal den Umweg übers Gehirn machen.' Die Versuchung sich doch noch krank zu melden wurde übermächtig. Aber das würde die Situation nur schlimmer machen. Nein, da musste sie nun durch. Vielleicht würde der Chef ja anerkennen, dass sie nur helfen wollte. Im Kopf begann sie verschiedene Argumentationen zu proben. Doch all ihre Argumente klangen hohl, als wolle sie nur Gut-Wetter machen.

Mit besonderer Sorgfalt schlüpfte sie in ihre Uniform und strich sorgsam das Hemd glatt, achtete penibel darauf, dass es ordentlich im Bund der Hose steckte. Den dicken Pulli darüber, die Rangabzeichen steckten noch auf den Schulterklappen. Sanft strich sie über die silberne Litze. Ob das heute das letzte Mal war, dass sie diese tragen würde?

Sie zwang sich die Schultern zu straffen und sich aufzurichten. Sollte ja nicht jeder direkt sehen, dass sie zum Chef zitiert worden war, um sich ihre Papiere abzuholen. Trotz zitternder Knie schaffte sie es, mit festem Schritt zu dem Büro ihres Dienstgruppenleiters zu gehen. Ihr beherztes Klopfen wurde mit einem knappen „Herein!" beantwortet. Im Büro saß bereits ihr Bärenführer Andreas. ‚Ist das nun ein gutes oder ein schlechtes Zeichen?' Zwischen dem Anklopfen und dem Öffnen der Tür war ihr irgendwie der Mut flöten gegangen. ‚Schultern zurück. Wenn du gehst, dann erhobenen Hauptes.'

Ihr Chef deutete auf den verbleibenden leeren Stuhl vor seinem Schreibtisch.

„Setz dich." Langsam ließ sie sich auf den Stuhl sinken. Ein kurzes Nicken zu Andreas, dann konzentrierte sie sich auf ihren Vorgesetzten.

„Verena, ich hab in den Vorgängen von gestern Nachmittag gesehen, dass du einen Wagen ins Veedel am Mühlenbach bestellt hast und die Kollegen einen älteren Herrn in eine der Notunterkünfte verbracht haben. Ist das richtig?"

„Ja, das stimmt. Aber Emil, ..."

Doch ihr Chef unterbrach sie.

„In dem Zusammenhang erkläre mir doch bitte mal, was ihr zu dem Sachverhalt einer Evakuierung heute im

Studium lernt?"

„Evakuierung. ... Das ist unter §34 Polizeigesetz NW geregelt ... Die Polizei kann zur Abwehr einer Gefahr eine Person vorübergehend von einem Ort verweisen oder ihr vorübergehend das Betreten eines Ortes verbieten. Die Platzverweisung kann ferner gegen eine Person angeordnet werden, die den Einsatz der Feuerwehr oder von Hilfs- oder Rettungsdiensten behindert. So lernen wir das an der FH."

„Was folgt für dich daraus?" Die Frage kam von Andreas und Verena musste sich erst in Erinnerung rufen, dass er schon die ganze Zeit neben ihr gesessen hatte.

„Mir ist bewusst, dass ich nicht in zivil in den Bereich hätte zurückkehren dürfen. Aber ..." Sie drehte sich auf ihrem Stuhl zu Andreas. „Ich hatte dir gestern Morgen bereits gesagt, dass ich das Gefühl hatte, dass das jemand war."

„Also hab ich meinen Job nicht anständig gemacht und du musstest das nochmal überprüfen. Du weißt ja besser, wer oder was notwendig ist. Nicht wahr?"

„Nein! Nein, das meine ich nicht und das wollte ich damit auch nicht sagen." ‚So muss sich Treibsand anfühlen', schoss es ihr durch den Kopf. „Ich bin nur die gesamte Restzeit der Schicht dieses ungute Gefühl nicht los geworden."

„Dafür gibt es eine Übergabe an die Folgeschicht. Warum hast du das dann nicht weiter gegeben?"

„Weil ich dir nicht in den Rücken fallen wollte. Immerhin haben wir heute Morgen niemanden gesehen. Was hätte das für einen Eindruck gemacht?" Hektisch blickte sie zwischen den beiden Dienstälteren hin und her. „Ich weiß, dass ich im Grunde falsch gehandelt habe. Ich wollte nur niemandem übergehen und mich zeitgleich vergewissern, dass nicht doch jemand in Gefahr sein könnte." Ihr Blick wurde flehend. „Mir ist bewusst, dass ich auf dem Prüfstand stehe. Aber ich wollte niemandem schaden und ich habe mich auch nicht leichtfertig über bestehende Regeln hinwegsetzen wollen. Ich ..." Gerade noch wurde ihr bewusst, dass der nächste Satz vermutlich der entscheidende Nagel zu ihrem Sarg wäre. „Ich werde so etwas nicht noch einmal machen. Bitte schmeißt mich nur nicht raus." Verena kämpfte die aufsteigenden Tränen und den Kloß im Hals hinunter. Ein lautes Seufzen zu ihrer Rechten ließ sie zaghaft aufblicken.

Emil räusperte sich. „Deswegen schmeiß ich dich nicht raus und Andreas auch nicht. Aber das war die letzte gelbe Karte. Verstanden? Noch so ein Stunt, dann heißt es auskleiden und die Ausbildung bei der Polizei ist abgebrochen." Der strenge Blick zwang Verena beinahe in die Knie, während sie andererseits am liebsten Luftsprünge gemacht hätte.

„Verstanden. Es kommt nicht mehr vor. Versprochen."
Emil zog eine Augenbraue skeptisch nach oben, Andreas lachte leise. „Wirklich."

„Versprich besser nur Dinge, die du auch halten kannst. Und jetzt raus mit euch. Die nächste Kontrollfahrt steht an."

Verena rührte sich nicht, knetete nur ihre Hände. „Da wäre noch was. Ich hoffe, ich fang mir damit nicht direkt noch eine ein, aber … könnten wir noch mal an den Mühlenbach zurückfahren?" Andreas' Gesichtsausdruck, der eben noch zum ersten Mal seit Wochen wieder etwas freundlicher gewesen war, verschloss sich schlagartig wieder.

„Verena, man kann es auch übertreiben." Der warnende Unterton war nicht zu überhören.

Beschwichtigend hob Verena die Hände. „Ich weiß. Es ist nur so, während ich mich gestern mit Herrn Brückner an seiner Wohnungstür unterhalten habe, hat es auf einmal auf dem Dachboden ziemlich laut gepoltert. Ich wollte allein nicht nachsehen und Herr Brückner hat behauptet, dass da nur die gesammelten Dinge der Nachbarn seien." Emil blickte sie an. War das Interesse, Nachsicht? Verena konnte es nicht deuten. ‚Es hat keiner gesagt, dass ich die Klappe halten soll.' Ermutigt durch das Schweigen der Kollegen fuhr sie fort. „Mein Gefühl sagt mir, dass das was ist. Der Alte war erst so renitent. Wollte mich ausfragen, warum ich keine Uniform trage. Doch auf einmal war er die Kooperation in Person. Was, wenn er da oben jemanden versteckt?"

„Verena, du schaust zu viele Krimis." Emil lachte sie an. „Aber bevor du dich wieder bemüßigst fühlst, doch noch solo auf dem Dachboden nachzusehen, fahrt in Gottesnamen da vorbei. Und jetzt raus mit euch."

Emil hatte kaum ausgesprochen, da war Andreas auch schon aus seinem Stuhl raus.

„Ich rauch noch eine. Wir treffen uns am Wagen."

Verena öffnete den Mund, überlegte es sich dann aber doch anders. ‚Keine gute Idee, ausgerechnet jetzt vorzuschlagen, dass ich auch mal wieder zu jemand anderen aufs Auto könnte.' „Danke, Chef." Langsam folgte sie dem Kollegen nach draußen.

„Andreas…"

Doch der winkte müde ab. „Lass gut sein Verena. Ich hab eine harte Nacht hinter mir. Wir schauen uns auf dem Dachboden mal um. Entweder wir finden was oder eben nicht." Mit einer abfälligen Bewegung warf er den Zigarettenstummel auf den Boden, trat ihn sorgfältig aus und blies noch einmal eine weiße Rauchwolke in die kalte Winterluft. Dann ließ er sich auf den Beifahrersitz fallen. „Los geht's."

Die Worte waren hart zu schlucken. ‚Irgendwann und irgendwie müssen wir das aus der Welt schaffen. Wenn ich nur wüsste, wie.' Langsam rollte Verena vom Hof. Die Fahrt zum Mühlenbach zog sich bereits zu dieser frühen Stunde in die Länge. Durch den Wegfall der KVB-Bahnen und den Einsatz der Ersatzbusse waren die sowieso stark frequentierten Straßen zum Bersten gefüllt. Das Radio füllte ein weiteres Mal das Schweigen zwischen ihnen und dann waren sie endlich auch an ihrem Ziel. Doch direkt an der Absperrung zu parken war nicht mehr möglich. Verena musste in eine Gasse abbiegen, die sich einen kleinen Hügel hinauf wand.

„Das Wasser ist schon wieder gestiegen." Mit Sorge betrachtete Verena die trübe Brühe. Andreas stieg mit ihr aus dem Wagen. Am Kofferraum schlüpften sie in ihre Gummistiefel. „Nimm die großen Taschenlampen mit. Heute ist wieder einer dieser Tage, an denen es nicht richtig hell wird. Und soweit ich das gestern gesehen habe, hat der Dachboden nur diese alten, kleinen Luken als Fenster."

„Okay. Zeig mir bitte das Haus. Und nur nochmal zur Sicherheit: Ich gehe vor und ich habe das Kommando. Wenn ich entscheide, dass wir abbrechen, steht das nicht zur Diskussion. Verstanden?" Andreas kontrollierte während der kleinen Ansprache seine Ausrüstung, blickte Verena dann aber direkt in die Augen.

„Ja, sicher. Danke, dass du dich bereit erklärt hast, noch einmal hierher zu kommen. Es ist das alte Haus da vorne auf der Ecke." Verena deutete die Straße hinunter. Andreas nickte ihr zu.

„Dann los." Gemeinsam machten sie sich auf den Weg. Je näher sie den Häusern kamen, desto höher stieg das Wasser an ihren Stiefeln. Verena rechnete jeden Moment damit, dass die eisige, schlammige Brühe von oben in die Stiefel schwappte. ‚Nicht nochmal nasse Füße, bitte.'

Gemeinsam gelang es ihnen die Haustür gegen das Wasser aufzudrücken. Langsam und immer wieder sich gegenseitig sichernd stiegen sie die steile Treppe hinauf.

Im dritten Stock deutete Verena auf die Milchglastür, hinter der erneut das typische Flackern von Kerzenlicht zu sehen war. Verena tippte Andreas auf die Schulter und deutete mit einem Nicken zu der Wohnung.

Andreas nickte und legte den Finger an die Lippen. Sie setzten den Weg nach oben fort und standen kurz darauf vor der Tür des Dachbodens.

„Denk an alle Grundregeln zum sicheren Betreten eines unbekannten Raumes. Keine Stunts." Verena nickte. Andreas öffnete langsam die Tür. Das leise Quietschgeräusch war nicht willkommen. Sollte jemand auf dem Dachboden herumlungern, so wusste er nun, dass er nicht mehr alleine war. Andreas lugte im Schutz der Tür in den Raum und fluchte leise. Verena schob sich hinter ihm herein und erkannte sofort den Grund. Unter normalen Umständen hätten sie sich wohl sofort zurückgezogen und einen Diensthund angefordert. Der vollgestellte Dachboden war der Albtraum eines jeden Beamten. Praktisch kein natürliches Licht, fehlende Beleuchtung und jede Menge Dinge, die obskure Schatten warfen.

„Bleib dicht bei mir", kam der knappe Befehl, als Andreas einen vorsichtigen Schritt in den Raum machte. Verena klebte an ihrem Bärenführer. Die Haare an ihrem Körper sträubten sich, ihr Herz pochte. Andreas bog gerade um einen weiteren Kistenstapel und Verena war im Begriff ihm zu folgen, als sie kaltes Metall an ihrer Schläfe spürte.

„Andreas!" Mehr brachte sie nicht raus. Ihr Kollege drehte sich um und richtete seine Waffe in Kopfhöhe rechts neben sie.

„Waffe her, Schätzchen. Und du auch, wenn du möchtest, dass deine Kollegin den Raum aus eigener Kraft verlässt."

Verena reichte ihre Waffe nach hinten und hob dann die Hände. Andreas schien abzuwägen. Doch nach einem kurzen Zögern kontrollierte er, ob die Waffe gesichert war, dann legte er sie auf den Stapel zu seiner rechten und hob ebenfalls die Hände.

„Okay. Immer mit der Ruhe."

„Willst du mich verarschen? Auf den Boden mit der Knarre. Und dann schieb sie rüber. Und die Taschenlampe auf die Kisten hier. So, dass ich dich sehen kann."

Widerwillig folgte Andreas den Anweisungen. Ein feiner Schweißfilm breitete sich trotz der Kälte auf Verenas' Körper auf. „Aufheben und her damit. Los." Die Mündung bohrte sich zum Nachdruck in ihre Schläfe.

Die Angst machte sie starr und sie musste ihren Gliedern bewusst befehlen ihre Knie zu beugen, die Hände das vertraute Gewicht der Waffen aufnehmen zu lassen und sie sich wieder aufzurichten. Andreas' Anweisung hallte in ihrem Kopf. ‚Keine Stunts. Keine Stunts.'

„Wir lassen Sie ziehen. Nehmen Sie unsere Waffen, verlassen Sie den Raum und legen Sie sie vor der Tür ab. Wir zählen bis 100 und gehen erst dann." Andreas' Stimme schaffte es beruhigend und autoritär zugleich zu klingen.

„Ja sicher. Ich trau euch Bullen nicht weiter, als ich euch werfen kann. Die Lady hier hätte es einfach auf sich beruhen lassen sollen. Aber ihr Bullen müsst eure Nase ja immer in Dinge stecken, die euch nichts angehen."

Das Quietschen der Tür unterbrach die Tirade. Leise Schritte näherten sich und Verena erkannte Herrn Brückner wieder, als er nun im Schein einer Campingleuchte seinen Weg bahnte.

„Herr Brückner, gehen Sie wieder." Nur die Waffe, die

auf ihren Hinterkopf gerichtet war, hielt Verena davon ab, auf den alten Herrn zuzueilen.

„Ma... Was geht hier vor?" Mit Schrecken erkannte Verena, dass für den alten Mann keine Gefahr drohte. Diesen Schluss zog offensichtlich auch Andreas.

„Herr Brückner, vielleicht können Sie den jungen Mann davon überzeugen, dass er sich gerade keinen Gefallen tut." Doch dieser ignorierte den Polizisten und richtete sich stattdessen an Verena.

„Warum haben Sie es nicht einfach gut sein lassen können? Zu all dem hätte es nicht kommen müssen." Traurig sah er sie an. „Du musst hier weg. Gib mir die Waffe. Geh!" Seine Stimme war eindringlich und er blickte den Mann mit der Waffe flehend an.

„Nein, ich lass nicht zu, dass du hier mit hineingezogen wirst."

Andreas lachte trocken auf. „Das ist er doch schon längst."

„Halt die Klappe, Bulle." Verena schloss die Augen, als die Waffe sich erneut gegen ihren Kopf drückte. „Such mir ein Seil oder irgendwas, womit ich die beiden fesseln kann."

„Seien Sie doch nicht doof. Wenn wir uns nicht melden, wird man uns irgendwann anfunken. Kommt dann keine Antwort, schickt man Verstärkung los. Lassen Sie uns gehen und alles wird gut." Andreas versuchte es erneut und auch Herr Brückner mischte sich ein.

„Hör doch auf ihn. Bitte."

„Und dann? Das letzte Mal, als ich auf den Rat von so einem Rechtsverdreher gehört habe, hat man mir jedes Wort im Mund verdreht und ich hab sechs Jahre im Knast gewonnen." Die Stimme des Mannes bebte vor Wut. „Ich geh nicht wieder dahin zurück. Dieses Hochwasser war meine Rettung. Du hast mir versprochen, dass du mir hilfst, dass ich nie wieder zurück muss."

Herr Brückner ließ die Schultern hängen und es schien Verena, als werfe er ihr einen entschuldigenden Blick zu. Aber vielleicht täuschte das auch in dem schwankenden Lichtkegel. In diesem Moment knackte das Funkgerät an Andreas' Gürtel. Laut und deutlich drang die Stimme des Wachdienstführers aus dem Lautsprecher.

„Erbitte kurze Zwischenmeldung zu eurem Einsatz."

„Gib durch, dass ihr noch dabei seid, den Dachboden zu kontrollieren. Bisher keine Auffälligkeiten. Und bedenke, dass deine Kollegin hier dafür zahlt, wenn du nicht genau das weitergibst."

Andreas nickte und hob das Funkgerät vor das Gesicht. „Wir sind immer noch dabei den Dachboden zu überprüfen. Auch scheint Herr Brückner wieder in seiner Wohnung sein. Wir prüfen das und melden uns dann wieder." Langsam glitt das Funkgerät wieder in den Holster und Andreas hob erneut die Hände. Verena spürte derweil, wie ihre Muskeln in Schultern und Armen von der unnatürlichen Haltung verkrampften.

In diesem Moment kehrte der Alte mit Zurrgurten zu ihnen zurück. „Überleg doch bitte noch einmal, ob das wirklich nötig ist. Ich übernehme das hier und du machst weiter, wie wir es geplant haben."

Doch ihr Geiselnehmer schüttelte nur den Kopf. „Her damit." Er riss Herrn Brückner fast die Gurte aus der Hand. Dann deutete er mit der Waffe in das Dunkel hinter Andreas. „Da entlang. Du leuchtest den Weg, Kleine. Und keine Dummheiten, dann wird auch alles gut."

Langsam drehte sich Andreas um und begann vorsichtig im Schein der Taschenlampe voran zu gehen. Nach nur wenigen Schritten tauchte vor Andreas das Dachgebälk auf. Massive Balken, die sich vom Boden bis in den Giebel über ihnen erstreckten.

„Stopp! Bulle, setz dich auf den Boden. Rücken zum Balken und Hände nach hinten." Andreas befolgte die Anweisungen. Verena spürte die Pistole einmal, zweimal in ihrem Rücken, dann tauchte in ihrem Blickwinkel eine Hand auf und in ihr hingen die Gurte hinab.

„Deine Aufgabe ist es, deinen Kollegen zu sichern. Und zwar ordentlich."

Verena schaffte es kaum den Arm hoch genug zu heben, um die Fessel zu greifen. „Ich weiß nicht, ob ich das schaffe." Ein weiteres Mal wurde ihr die Waffe in den Rücken gestoßen.

„Nun, du gibst dir besser Mühe, sonst muss ich deinen Kollegen anderweitig bewegungsunfähig machen. Verstanden?" Verena nickte hektisch.

Sie ging um den Pfeiler herum und wickelte die Fesseln um Andreas' Handgelenke. Als ihr das Band zum dritten Mal aus der Hand rutschte, stiegen ihr Tränen in die Augen.

„Es tut mir leid."

„Nun mach schon. Was dauert daran so lange?" Die Stimme hinter ihr war herrisch und ungeduldig. Andreas drehte ihr den Kopf zu, so gut es in seiner Position ging.

„Verena, konzentrier dich. Alles wird gut. Du hast das gelernt. Erinnere dich." Die ruhige Stimme von Andreas hatte die erstrebte Wirkung und schließlich hatte sie es geschafft.

„Aber nicht, um meine Kollegen zu fesseln." Ihre Stimme zitterte leicht.

„Ach, komm. Wer wollte nicht schon immer mal seinen Chef in die Schranken weisen."

„Schluss mit dem Gebabbel. Du setzt dich hier hin. Los, mach schon." Der Mann hielt seine Waffe weiterhin auf Verena gerichtet, während er mit der anderen den Sitz der Fessel prüfte. Offenbar zufrieden mit dem Ergebnis trat er hinter Verena. Verena ließ sich an dem zweiten Balken hinab gleiten und streckte die Arme nach hinten.

„Sie muss 'ne angenehme Kollegin sein, macht auch ohne viele Worte, was sie soll." Die Stimme des Mannes klang hämisch. Das Band schnitt in ihre Handgelenke, der Geiselnehmer ging nicht gerade zimperlich mit ihr um. Doch kein Schmerzlaut verließ Verenas Lippen.

Herr Brückner stand daneben und wrang seine Hände. „Ist das denn wirklich nötig? Hier wirst du nicht beteuern können, dass du nichts getan hast."

„Opa, sei endlich still. Du hast Mama gesagt, dass du an meine Unschuld glaubst und mir hilfst. Du hast es an ihrem Grab versprochen." ‚Opa?', schoss es Verena durch den Kopf.

„Aber ... Wir können die doch nicht hier lassen. Bitte. Ich möchte nicht, dass jemandem was passiert."

„Blödsinn, wir müssen hier weg. In einem hat der Bulle recht. Lange kann es nicht dauern, bis Verstärkung auftaucht. Was ist dir wichtiger? Hol deine Sachen und dann los."

Herr Brückner zauderte noch einen Moment. „Es tut mir wirklich leid, junge Frau. Ich weiß, Sie wollten mir nur helfen." Doch dann wandte er sich ab und ging. Sein Enkel wartete noch einen kurzen Moment, dann nahm er die Taschenlampen und das fahle Licht wurde immer schwächer. Bis es mit dem leisen Quietschen der Tür endgültig versiegte.

„Andreas? Rede mit mir." Verena bemühte sich die aufsteigende Panik niederzukämpfen.

„Verena, langsame, tiefe Atemzüge. Ich kann dir nicht helfen, wenn du jetzt hyperventilierst."

Verena strengte sich an, doch der Stress der letzten halben Stunde hatte sie fest im Griff und ließ sich nicht abschütteln. „Als ... Ob ... Du ... Mir ... Helfen ... Würdest."

„Was soll der Blödsinn denn jetzt?" Andreas klang genervt. Ohne Vorwarnung fuhr ihr ein dumpfer Schmerz durch das Bein.

„Aua. Sag mal, spinnst du? Hast du mich gerade getreten?" Am liebsten hätte sie sich die pochende Stelle auf dem Schienbein gerieben, an der Andreas sie getroffen hatte.

„Hat doch geholfen. Oder nicht?" Verena verengte die Augen zu Schlitzen und funkelte in die Dunkelheit. Doch tatsächlich hatte der mit dem Tritt verbundene Schmerz sie aus der Panikattacke geholt und langsam normalisierte sich ihre Atmung. Für eine ganze Weile hörte man nichts außer dem gleichmäßigen Atmen der beiden Kollegen.

„Andreas, es tut mir leid." Verena überlegte, was sie noch sagen konnte. Die Worte wirkten so inadäquat. „Ich war so ein Dummkopf. Es wäre so einfach, es auf meine Freunde zu schieben, aber die Entscheidung war am Ende dann doch meine. Nie hätte ich mir träumen lassen, dass ein Abend so weitreichende Konsequenzen hat. Wenn ich vorher gewusst hätte, dass ich dir mit dieser blöden Krankmeldung die Geburt deines Kindes versaue. Niemals hätte ich das getan."

Andreas lachte leise. „Also für eine Lebensbeichte ist unsere Situation nun wirklich nicht verfahren genug." Er lachte leise, ehe er abrupt verstummte.

„Das hoffe ich doch. Ich wollte dir das schon seit einer Weile sagen. Aber du warst nicht gut auf mich zu sprechen. Da dachte ich mir, dass ich die Chance nutze, wo du mir mal nicht durch die Lappen gehen kannst."

„Ich wusste, dass es eine schlechte Idee war noch einmal hierher zurückzukehren. Aber das mit dem Reden hättest du auch ohne Freiheitsberaubung haben können." Andreas seufzte ergeben. „Ich war vor allem sauer, weil du versucht hast, mich und den Chef für dumm zu verkaufen. Machst einen auf krank, und anstatt einfach wieder zum Dienst zu kommen und die Klappe zu halten, schwelgst du in Geschichten, wie schlecht es dir ging. Nachdem sich Ben verplappert hat, was für eine geile Party ihr zusammen gefeiert hat. Wir haben alle mal Blödsinn gemacht. Doch dann sollte man seine Spuren besser verwischen oder die

Wahrheit sagen und mit den Konsequenzen leben."

„Es wird nicht besser, wenn ich es wiederhole, aber es tut mir wirklich leid. So etwas mache ich sicher nicht wieder. Ich hoffe, du verzeihst es mir irgendwann. Du kannst mir eine Menge beibringen, wenn ich endlich nicht mehr von meinem schlechten Gewissen aufgefressen werde, sobald ich mit dir im selben Raum bin."

„Ach, du kannst es gern mit einer unbegrenzten Anzahl an kostenlosen Babysitterstunden wieder gut machen. Vielleicht komm ich dann mal wieder dazu meine Frau auszuführen."

Verena lachte auf. Vielleicht war zwischen ihr und ihrem Kollegen doch noch nicht alles verloren.

Angela Hoptich
AUF DEN GRUND

Die große Bücherkiste quietschte laut. So laut, dass Bas davon aufwachte. Er schlug die Augen auf und sah sich einer Ratte gegenüber. Sie saß keine zwanzig Zentimeter entfernt auf seinem Rucksack, der ihm nachts als Kopfkissen diente. Er fluchte und rollte zur Seite. Die Ratte zuckte und rückte ein Stück ab, beobachtete ihn wachsam mit schwarzen Knopfaugen. Sie hatte einen weißen Fleck links an der Stirn, weswegen er sie Spotty getauft hatte. Spotty war wahrhaft unverfroren, wenn es darum ging, Bas' Vorräte zu plündern. In den letzten Wochen hatte er sich mit ihr angefreundet und sie sogar in einer Zeichnung verewigt, was einem Ritterschlag gleichkam. Nur die Figuren, die eine wichtige Rolle in seinem Leben spielten, hielt Bas in seinem Buch fest. Spotty war derzeit seine einzige Freundin.

Erst jetzt bemerkte er, dass irgendetwas anders war.

An den Modergeruch hatte er sich gewöhnt, nun aber schwamm ein ekelhaft algiger Gestank mit. Die Luft kam ihm extrem feucht vor. Das vergitterte Kellerfenster hatte er am Abend zuvor geschlossen. Wochenlanger Dauerregen hatte eine Lawine von Laub und Dreck in den Schacht gespült. Die Scheibe ließ nur noch wenig Licht herein.

Bas setzte sich auf und schwang die Beine von seiner improvisierten Bettstatt. Mit einem Platschen landeten sie im Wasser. Er fluchte laut und zog die Füße zurück. Verdammt, was war hier los?

Hastig riss er die Taschenlampe aus dem Rucksack und ließ den Lichtstrahl durch den Kellerverschlag gleiten. Wasser stand im Raum. Viel Wasser. Es reichte bis an die oberste Kiste des Stapels heran, auf dem er seine Schlafstelle errichtet hatte. Seinen Elfenbeinturm.

„What the fuck …?"

Loses Inventar aus den Regalen trieb in der plötzlichen Sintflut und dazwischen – Ratten. Vier, fünf, sogar sechs erfasste der Lichtkegel. Zwei paddelten durch die dunkle Brühe und drei kletterten tropfnass auf die erhöhten Kisten und Kartons, eine saß in einem leeren Blumenkübel auf dem großen Metallregal.

Bas seufzte und sah sich um. Die Isomatte und der Schlafsack, die er vor ein paar Wochen aus einer Kiste mit Campingzeug gefischt hatte, waren inzwischen völlig durchnässt. Der kleine Topf und der Blechbecher lagen zusammen mit dem Gaskocher auf dem Grund der Flut. Seine regenfeuchte Jeans hatte er zum Schlafen ausgezogen. Jetzt hatte die Überschwemmung ihr ein klatschnasses Hosenbein verpasst. Es war eiskalt, als er hineinschlüpfte. Seine Sneakers tanzten wie kleine Boote auf den Wellen, die die schwimmenden Ratten verursachten.

„Verfickte Scheiße", stieß er hervor und erschreckte dabei Spotty, die neben ihm auf der Isomatte saß. Die Ratte huschte an das andere Ende und ließ Bas nicht aus den Augen. Sie rümpfte ihre Nase und schien belustigt. Er knurrte sie an.

„Schau mich nicht so schadenfroh an, du dämliches Biest. Was braucht man Feinde, wenn man Freunde wie dich hat?" Er schlug mit der Faust auf die Matte und das Tier sprang ohne Zögern ins Wasser. „Ja, ja, verlass nur das sinkende Schiff. Von mir bekommst du keinen Krümel mehr."

Er angelte seine Schuhe aus der dunklen Brühe und stülpte sie sich über die Füße. Sie waren durchgeweicht und kalt. *Shit, warum nur bin ich nicht weitergezogen?*

Das hatte er nun davon. Für einen kurzen Moment spürte er den schadenfrohen Blick seines Vaters im Nacken. Er hasste seinen Vater. Er hasste sein Zuhause, hasste die

Eifel, in der nichts als scheinheilige Ruhe und Perspektivlosigkeit herrschte. Er wollte nicht den ausgetretenen Fußstapfen der Familie folgen, nicht Landwirt werden, auch nicht Förster, nicht Mechaniker oder Bäcker. Oder, noch schlimmer, in einer der ortsansässigen Brunnen-AG-Niederlassungen arbeiten.

Er, Bas, hatte Flügel. Er war Künstler. Und deshalb auf dem Weg nach Berlin. Künstler lebten in Berlin. Köln war nur ein notwendiges Übel, um ein wenig Reisegeld zusammen zu klauen.

„Muss ein Wasserrohrbruch sein", sagte Bas zu den Ratten, die ihn mit rot reflektierenden Augen anglotzten. „Also, ich such mir ein trockeneres Fleckchen. Macht ihr doch, was ihr wollt." Den Rucksack hoch über seinen Kopf haltend, sprang er ins Wasser. Es reichte ihm bis zu den Achseln und fühlte sich eisig an. Er schauderte. So oft er sich in letzter Zeit eine morgendliche Dusche gewünscht hatte – das hier hatte keinerlei Ähnlichkeit damit.

Scheiße, dachte er und verzog das Gesicht, bin eben doch ein Warmduscher. Damit hatten sie ihn an seiner Schule aufgezogen. Sollten sie doch alle zum Teufel gehen!

Zügig watete er zum Eingang des Lattenverschlags. Gegenständen aller Art trieben im Wasser. Was hatten die Leute nur so viel Zeug herumstehen? Das Treibgut machte eine wahre Müllhalde aus dem Keller. Und das Wasser stieg schnell. Inzwischen reichte es ihm bis an die Schultern heran.

Die Tür bewegte sich nicht, als er sie aufdrücken wollte. Bas trat dagegen, doch die Wassermasse bremste die Wucht des Tritts. Die Tür blieb, wo sie war.

Er rüttelte an den Latten. Irgendetwas blockierte. Er hängte seinen Rucksack an das oberste Holz. Der Lichtstrahl seiner Taschenlampe drang nur wenige Zentimeter in die Dreckbrühe ein, fing sich aber in den Schemen eines rechteckigen Körpers. Die Flut hatte das Schränkchen hierher getrieben, das normalerweise in einer Nische des Ganges stand. Es steckte fest, hatte sich regelrecht verkeilt und versperrte den einzigen Fluchtweg.

Das Wasser stieg weiter. Es stand Bas bis zum Hals. Er war groß für sein Alter, brachte es auf lange, schlaksige Einsachtzig mit seinen vierzehn Jahren, doch das nutzte ihm wenig, denn der Luftraum über ihm verkleinerte sich zusehends. Bei jeder Bewegung schwappte ihm die Brühe in Nase und Mund – erregte das Gefühl, in einem Gulli zu tauchen. Es war ekelhaft. Würgereiz überwältigte ihn, den er mit Mühe niederkämpfte. Trotz der durchdringenden Kälte spürte er seinen Puls heiß in der Halsschlagader pochen. Angst stieg in ihm auf.

Er musste etwas unternehmen. Er musste hier raus.

„Scheiße! Verfickte Mega-Scheiße, fuck, fuck, fuck!",

brüllte er heraus wie einen sinnlosen Zauberspruch.

Die Ratten quiekten. Höhnisch, wie ihm schien.

Sie schwammen an ihm vorbei und schlüpften mit Leichtigkeit zwischen den Latten hindurch. Auch Spotty. Bas sah ihr mit wachsender Verzweiflung nach. Die Ratte drehte sich kurz um, als wollte sie sagen: Nun mach schon!

Ihm fiel das Werkzeug ein, das auf einem der nun überschwemmten Regale lagerte. Er griff sich blind, was ihm unter die Finger kam – einen Hammer und einen sehr großen Schraubenschlüssel. Mit roher Gewalt machte er sich an der Tür zu schaffen. Er war nie besonders kräftig gewesen und die Pubertät hatte mit schnellen Wachstumsschüben seine Muskeln grotesk in die Länge gezogen. Der schwere Metallknochen in seiner Hand zog wie ein Anker nach unten. Außerdem waren seine Finger inzwischen so kalt, dass er sie kaum noch spürte. Die Kraft verließ seinen Körper Schlag um Schlag.

Dafür stieg die Panik. Sein Herz raste.

Vom Überlebenswillen getrieben mobilisierte er seine Reserven. Das Wasser leckte bereits an dem Rucksack, der an der höchsten Latte hing. In dem Rucksack war alles, was Bas besaß, und alles, was ihm etwas bedeutete – in einem wasserfesten Zip-Beutel, der in einer Plastiktüte steckte, die wiederum von seinem Handtuch umwickelt war. Solange er den Rucksack nicht ins Wasser fallen ließ, würde die Verpackung der Sintflut standhalten.

Dieser wertvollste Schatz, sein Leben, seine Zukunft war eine einfache Kladde. Der schwarze Einband hielt eine Welt zusammen, wie Bas sie sich ersehnte. Hunderte schwarzweißer Zeichnungen offenbarten seine Seele. Den Kern, den Inbegriff des Menschen, der er sein wollte. Ein Held. Stark, unerschrocken, geradlinig. In der wirklichen Welt – das hatte er schmerzlich einsehen müssen – sah es ganz anders aus.

Eine Erinnerung flammte in ihm auf. Hänni, seine älteste Schwester – wie sie ihn mit diesem wohlwollenden und zugleich bemitleidenden Blick ansah, als er den Fehler machte, ihr einen Blick in sein Seelenbuch zu gewähren. „Comics" hatte sie seine Skizzen schnöde genannt, und das hatte Bas einen schmerzhaften Stich versetzt.

Mit einem Kampfschrei und einem erstaunlichen Energieschub schlug er gegen die Latten, die endlich ihren Widerstand aufgaben und brachen. Er zwängte sich durch den Spalt, balancierte seinen Rucksack über dem Kopf und schwamm – einarmig und mit zitternden Knien – der Treppe in die Freiheit entgegen.

Der Keller war verwinkelt und beinahe ein wenig gruselig mit den vielen, dunklen Gängen und Verschlägen. Es bestand wenig Gefahr, dass Bas' Nest entdeckt wurde. Selten kam irgendwer hier herunter. Jetzt allerdings wünschte er sich, dass jemand ihm zu Hilfe käme.

Er hatte die Treppe fast erreicht, als eine Strömung ihn erfasste. Erst zerrte sie an seinen Beinen, schließlich ergriff sie den ganzen Körper. Bas strampelte vergeblich dagegen an, schlug mit Armen und Beinen aus, um die Nase über Wasser zu halten. Das Undenkbare geschah: Der Rucksack fiel ins Wasser und wurde von der Strömung weggerissen. Mit einem derben Fluch nahm Bas die Verfolgung auf. Der Strom wurde schneller, der Wogenschlag höher. Der nasse Stoffsack verschwand im Sog des Elements. Die Strömung schleuderte Bas durch die Kellergänge. An jeder Ecke brach sich die Brandung in schäumender Gischt. Er wurde herumgeworfen, bis er nicht mehr wusste, wo oben und unten war.

Wie damals in der Wasserrutsche. Hänni und Amy, seine Schwestern, hatten ihn zu seinem achten Geburtstag in ein Spaßbad eingeladen. Er hatte sich keine Blöße geben wollen, aber für einen wilden Ritt lang hatte er geglaubt, er würde unweigerlich dort ertrinken, wo andere Spaß hatten. Zum Glück hatte niemand bemerkt, dass seine Badehose nicht nur vom Wasser nass geworden war.

Das gleiche Gefühl befiel ihn jetzt, da die Strömung in einen Strudel mündete. Unfassbar: ein surrealer Mahlstrom kreiselte in einem Kellergewölbe unter der Kölner

Südstadt. Vergeblich strampelte er gegen den Strudel, bis dieser ihn nach einigen Umdrehungen regelrecht einsaugte. Seine Hilfeschreie versiegten in kläglichem Gurgeln. Ein letzter Atemzug – und schon wurde Bas unter Wasser gerissen.

Ein ausgefranstes Loch im Estrich verschluckte ihn und das wenige Tageslicht, das die Kellerfenster hereingelassen hatten. In völliger Dunkelheit wurde er durch eine Röhre tiefer und tiefer hinabgespült. Das Wasser gurgelte und gluckerte wie der Abfluss der heimischen Badewanne – als ob in den Rohren riesige Wasserungeheuer lauerten, die auf ihr nächstes Opfer warteten.

Die rasante Abwärtsrutsche endete abrupt, als die Röhre ihn in einem Wasserfall ausspie und er etliche Meter tief in ein unterirdisches Bassin fiel. Die Luft ging ihm aus und er paddelte mit letzter Kraft nach oben.

Gegenstände und Müll trieben an der Oberfläche und ein paar Ratten, mit aufgeblähtem Bauch nach oben. Die Luft stank nach Kloake.

Egal, es war Luft, der Odem des Lebens.

Kaum hatte er zwei Mal tief durchgeatmet, zerrte ihn erneut etwas in die Tiefe. Dieses Etwas hatte spitze Zähne. Trotz der betäubenden Kälte spürte er, wie sie Jeans und Haut durchschlugen. Er schrie, doch es kam nur klägliches Blubbern heraus. Dafür füllte sich sein Mund mit Wasser und dem Gefühl zu ertrinken. Mit dem freien Bein trat er panisch gegen das Ding, das ihn nicht loslassen wollte. Es tat höllisch weh und obendrein wurde der Sauerstoff knapp. Bas war kein schlechter Schwimmer, aber nicht der beste Taucher. Nie gewesen. Er hatte kein Talent im Luftanhalten.

Jetzt wünschte er, er hätte ein wenig mehr Ähnlichkeit mit „*Basman*". Denn der wusste immer, was zu tun war. *Basman* war der Held seiner Zeichnungen. Sein Alter Ego. *Basman* würde vor allem ruhig bleiben, alle Kräfte sammeln und sich mit einem gezielten, finalen Tritt befreien. Bas dagegen strampelte weiter kopflos um sein Leben.

Das Ding hatte ihn bis auf den Grund des Beckens geschleppt, der gespenstig in einem grünen Schimmer leuchtete. Es herrschte eigenartige Bewegungslosigkeit. Alles schien verlangsamt – wie seine Gehirnströme nach einer schönen, fetten Tüte. Absurd, aber er wünschte sich, er könnte jetzt eine kiffen. Das würde die Panik ein wenig abschleifen.

Die Stille hatte etwas Bedrohliches. Über dem Boden und allem, was dort hinabgesunken war, breitete sich eine dünne Algendecke aus, auf der winzige Lichterketten zu glühen schienen. Biolumineszenz. Bas hatte davon gelesen. Gott sei Dank – sein Gehirn funktionierte wieder, hatte den Anti-Panik-Button gefunden.

Basman kickstartete und übernahm. Analytisch registrierte er die schmalen, langen Schatten um ihn herum. Seine Augen gewöhnten sich an das unheimliche Licht und er erkannte die Schatten als schuppige Wasserwesen. Sie erinnerten an Krokodile, die auf der Lauer lagen. Verdammte Scheiße – er hatte die Geschichte von den Alligatoren im Abwasserkanal immer für ein modernes Märchen gehalten.

Er sah an seinem Bein hinab. Wie eine eiserne Schelle lagen die Kiefer eines dieser Schuppenwesen um seinen Unterschenkel. Dunkle Schlieren entwichen zwischen dem Gebiss und lösten sich im Wasser auf. Blut!

Abrupt endete sein fast heroische *Basman*-Moment. Schmerz setzte ein, mit ihm erneut Panik – schlimmer als zuvor. Das Herz hämmerte wild und gewillt, Bas' Brust zu sprengen. Schwarze Flecken begannen vor den Augen zu tanzen. Er musste atmen, nach oben schwimmen, an die Oberfläche – raus, raus! Doch sein Körper schien paralysiert und bleischwer.

Plötzlich kam Bewegung ins Wasser. Verwirbelungen durchbrachen die statische Stille und Bas hörte ein schrilles Pfeifen wie die Rufe vieler Delfine. Etwas Kaltes, Glitschiges umschlang seine Mitte und zerrte an ihm. Die wenige, verbliebene Luft wurde aus seinem Brustkorb gedrückt und das Sichtfeld schrumpfte zu einem schmalen Tunnel. Sein Bein fühlte sich an, als risse ihm jemand den Unterschenkel entzwei. Dann war es frei. Blutschlieren mischten sich mit einer Welle langen Haars, das ihn umwogte und ihm den letzten Rest Sicht nahm. Er fühlte kalte Lippen auf seinen, schrie auf und schluckte einen Schwall Wasser. Der fremde Mund pumpte eine Blase fischigen Atems in seinen Rachen. Er würgte und schluckte, schluckte und würgte, doch die Blase blieb stecken. Ein wenig Luft floss in seine Lunge. Der Tunnelblick, die schwarzen Punkte lichteten sich und das Meer der wogenden Haare entwirrte sich. Er erkannte drei Gestalten. Sie mussten weiblich sein, denn sie hatten nackte Brüste, doch als Frauen konnte er sie nicht bezeichnen. Bei zweien ging der Körper ab der Taille in schmale, schillernde Fischschwänze über. Beide sahen wunderschön aus, eingehüllt in ihre seidigen Strähnen, die eine blond, die andere dunkelhaarig. Bei der dritten und größten setzten an der Hüfte lange, blassrote Arme mit Saugnäpfen an der Unterseite an – einem Oktopus nicht unähnlich. Einen dieser Tentakeln hatte sie um Bas geschlungen. Sie beobachtete ihn aufmerksam mit wassergrünen Augen. Ihr Gesicht sah freundlich aus, ein wenig besorgt. Irgendwie erinnerte es ihn entfernt an seine Mutter.

„Atme ruhig und stetig", sagte Mamm mit erstaunlich

klarer Stimme. „Ein – und aus." Kleine Luftbläschen stiegen zwischen ihren Lippen auf. Die Fischschwänzigen wuselten in fließenden Bewegungen um sie herum und wedelten, gleichzeitig wie Synchronschwimmerinnen, mit ihren Händen auf und ab, um die Worte der Krakenfrau zu verbildlichen. Reflexartig tat Bas, was sie sagte. Atmete ein – und atmete aus. Wieder. Und wieder. Die Blase in seinem Rachen begann ein Eigenleben zu führen, dehnte sich aus und zog sich zusammen im Rhythmus seiner Atemzüge. Und tatsächlich, seine Lunge füllte sich mit Luft. Er konnte unter Wasser atmen.

Wie schräg ist das denn!, wollte er rufen, doch er blubberte nur und darüber musste er lachen.

Die Miene der Krake entspannte sich und sie lächelte zufrieden.

„Gut", sagte sie und die Fischschwänze applaudierten. „Jetzt aber weg hier."

Sie löste die Tentakel um Bas' Rumpf, nur um sogleich seinen Arm zu umschlingen. Er spürte, wie die Saugnäpfe an seiner Haut sogen. Den anderen Arm ergriff die Blonde und sie zogen ihn mit sich, einer dunklen Tiefe entgegen. Die Brünette, die jetzt einen dreizackigen Speer in der Hand hielt, blieb hinter ihnen.

Sie kamen nicht weit. Die Schuppenwesen kreisten sie ein und ließen die Kiefer hart aufeinander klappern.

Abwechselnd schnappten sie nach Bas. Die Schallwellen fuhren ihm bis in die Knochen.

Die Biester hielten sich aufrecht und dicht aneinander. Diese Art von Schulterschluss kannte Bas zur Genüge. Die Arschlöcher an seiner Schule hatten es genauso gemacht. Sich ein Opfer ausgewählt und sich diesem als geschlossene, unüberwindbare Front präsentiert, bis der arme Loser sein Taschengeld oder seine neuen Sneaker freiwillig abgab. Im Gegenzug erhielt er blaue Flecken und die Verachtung der Schulgemeinde. Bas hatte es so satt. Die ewige Herumschubserei, die blasierten Raufbolde, die falschen Freunde, die Opferrolle. Einmal mehr wünschte er sich, *Basman* zu sein.

Seine Fantasie ging mit ihm durch. Vor seinem inneren Auge entstanden Bilder über Bilder für seine Kladde. Schon hatte er den fiesen Kroks Namen und Gestalt verpasst. Und seine drei Retterinnen? Was waren sie? Meerjungfrauen ohne Meer? Nein – wie scheue Jungfrauen kamen sie nicht rüber. Eher wie Nixen oder Nymphen. „Nyx" fand er ziemlich treffend. Bas sah mit Bewunderung zu, wie sie die Kroks einschüchterten. Die Brünette war nicht zimperlich mit ihrem Dreizack und die Krake hatte genug Arme frei, um die Kroks auf Abstand zu halten.

Dann sah er *Basman*. Mit gezielten Kicks in die erstaunten Gesichter der Kroks wirbelte er zwischen ihnen herum, ein Meister der Martial Arts. Hier ein Spin, dort ein Axe-Kick und ein gelungener Roundhouse. Und ein Bolley – PAF! Großes Kino.

Bas wollte Beifall klatschen, als sich ein Krakenarm erneut um seine Mitte schlang.

„Wir müssen weg", zischte die Krake und zerrte an Bas. „Oh nein! Zu spät."

Eine riesige, schwarze Gestalt raste auf sie zu.

Konnte das wahr sein? War das tatsächlich …? Bas schlug die Hände vor den Mund und flüsterte:

„Fuck. Dieser miese Scheißkerl ..." Blubberblasen stiegen auf und erinnerten ihn daran, wo er sich befand. Er verschluckte sich und einen halben Liter Wasser. Die Fischschwanz-Nyxen wirbelten um ihn herum, immer zwischen Bas und der nahenden Gefahr. Die Brünette hatte aufgerüstet und hielt nun zwei Speere mit langen scharfen Klingen wie Schwerter. Insgeheim nannte er sie Hänni-Nyx, weil ihre Kaltschnäuzigkeit der seiner ältesten Schwester in Nichts nachstand. Die hübsche Blonde, Amy-Nyx, fauchte und fletschte das Gebiss. Bas zuckte erschrocken zurück. Ihr Mund glich nun dem Maul einer Muräne. Er öffnete sich weit, bis zum Kiefergelenk und bleckte dem Leviatan eine mehrfach besetzte Reihe nagelspitzer Zähne entgengen.

Die Arme der Krake wickelten sich wie eine Rüstung um Bas' ganzen Körper, doch statt sich beschützt zu fühlen, hatte er das Gefühl, zu ersticken. Er zappelte und strampelte, doch die Tentakeln zogen sich nur enger.

Dann war er da.

Der Leviatan.

Baute sich vor ihnen auf, während die Kroks mit schnappenden Mäulern den Fluchtweg abschnitten. Der Leviatan sah genauso aus, wie Bas ihn in sein Buch gemalt hatte: übermenschlich groß, massig wie ein Pottwal, gepanzert wie ein Krokodil. Auf seinen Schultern und Oberarmen bildeten pockige Muscheln eine stachelige Kruste, einem Schiffsrumpf gleich. An seinen Klauen, zwischen denen sich Schwimmhäute spannten, glänzten messerscharfe Krallen. Sein Kopf glich einem Felsbrocken, sein grauenhaftes Maul – lang und mit mehreren Reihen haifischähnlicher Zähne – dem eines Alligators. Es grinste hämisch wie …

„… Vatter?" Das Wort schoss in einer Blase aus Bas' Mund. Er gurgelte und musste die Augen mehrmals zukneifen, um den trüben Schlier loszuwerden. Die Krake hielt ihn fest umschlungen, seine Arme an den Körper gefesselt, und Bas fühlte sich hilfloser denn je.

Der Leviatan riss sein Maul auf und lachte. Machte sich über ihn lustig, wie es der Vatter immer tat. Selbst jetzt, selbst hier, verfolgte er ihn mit seinem Spott und seiner Missachtung. Konnte er ihm denn niemals entkommen?

Kaskaden von Luftblasen ergossen sich in die neongrüne Atmosphäre. Das Monster hielt sich den fassartigen Bauch vor Lachen. Hinter ihm peitschte sein mächtiger Schwanz hin und her, wirbelte Dreck und Schwebeteilchen auf, die in den Augen bissen. Das Wasser strich die Tränen fort, ließ Angst und Scham zurück. Bas' Körper wurde von einem Zittern erfasst, das tief aus seinem Inneren aufstieg. Die drei Nyxen fauchten und zeigten dem Leviatan die Zähne.

Bas konnte nicht mehr atmen. Die Blase steckte zwar noch in seinem Hals, aber die Luft erreichte die Lunge nicht, so fest pressten die Fangarme seinen Brustkorb. Er biss in die glitschige Haut. Die Krake zuckte nicht. Aber sie lockerte ein wenig den Griff.

Mamm, Hänni und Amy bildeten eine Front, gingen auf den Leviatan los. Mit schrillen Pfeiftönen kreischten sie ihn an, zeterten und schimpften. Das Monster wischte mit einem Rundumschlag den dreien übers Maul und hinterließ tiefe Striemen. Sie wichen zurück. Die Krake hielt Bas fest im Griff.

„Gebt den Loser raus."

Das Dröhnen der Stimme vibrierte bis in Bas' Brust hinein.

„Lass den Kleinen." – „Was willst du mit ihm?" – „Er hat doch nichts getan."

Die Nyxen überschlugen sich. Mamm reichte Bas an Amy weiter, die ihn sanft, aber mit eisernem Griff umfing und sich mit ihm ein paar Meter zurückzog. Hänni stieß währenddessen mit den Speeren nach Vatters scharfkantigem Schwanz.

„Was soll das werden? Ein Aufstand? Rebellion? Lasst es sein. Ihr habt doch keine Chance", brüllte das Ungetüm.

„Lass den Jungen in Ruhe!", keifte Mamm. „Warum hackst du auf ihm herum?"

„Wie soll aus ihm jemals ein Mann werden, wenn er an deinem Rockzipfel hängt?", erwiderte Vatter.

Die Nyxen kreischten so hoch und schrill, dass Bas sich die Ohren zuhielt.

„Ach, hört doch auf zu heulen. Dem muss nur mal einer zeigen, wo es langgeht."

Vatter schlug mit seinem Schwanz aus und erwischte Amy, die sich schützend vor Bas gestellt hatte. Blut färbte das Wasser dunkel. Eine Menge Blut. Sie taumelte und ließ Bas los.

„Amy!" Er fing sie auf, als sie geschwächt zusammensackte.

„Es ist nichts, Bas. Lass nur. Hat er dich erwischt? Bist du verletzt?" Ihr besorgter Gesichtsausdruck wurde für den

Bruchteil einer Sekunde von Schmerz überlagert. Ein klaffender Schnitt verlief quer über Amys Bauch. Hastig riss Bas sein T-Shirt vom Leib und drückte es auf die Wunde. Amy stöhnte.

Oje, was sollte er tun? Ratlos sah er sich nach Mamm und Hänni um, die den Leviatan attackierten. Dieser stieß belustigt Bläschenkaskaden aus und wehrte mit wenigen, aber effektiven Schlägen die Angreiferinnen ab. Beide hatten bereits einige blutige Schrammen und blaue Flecken.

„Gebt einfach auf", forderte das Monster und schnappte mit dem Riesenmaul nach Bas. „Der Junge gehört mir. So oder so."

Die beiden Nyxen fauchten. Hänni half Amy, sich aufzurappeln und Mamm griff nach Bas. „Komm, komm, weg hier", rief sie.

„Ich wette, für das hier kommt er freiwillig zu mir." Vatter hielt mit einer Klaue einen Lumpen hoch.

Bas rutschte das Herz in den Bauch. Sein Rucksack!

Die Nyxen wollten Bas mit sich ziehen, doch er schüttelte sie ab.

„Das gehört mir!", schrie er und schnappte nach dem Beutel. Im Gesicht des Leviatans zeichnete sich grimmige Genugtuung ab, als er den Arm außer Reichweite hob.

Die Frauen kreischten auf.

„Lass es, das ist es nicht wert." Mamm schlang erneut

die Arme um Bas. „Schau, was er mit Amy gemacht hat."

Inzwischen hatte der Vatter die Kladde aus dem Rucksack gezogen und den Zip-Beutel zerrissen. Er blätterte durch die Seiten, grinste, höhnte und lachte dabei.

„Sieh nur, sieh nur, diese Schmierereien", spottete er, „soll ich das etwa sein?" Er riss ein Blatt aus der Kladde und ließ es im Wasser davonschweben. „Und das hier? Ach guck, das bist ja du. Armseliges Weichei. Und das? Wer soll das hier sein? Superman?"

Seite um Seite kommentierte er und riss sie heraus.

Heißer Zorn übermannte Bas. Er machte sich von Mamms Armen frei.

„Nein! Nicht!", schrien die Nyxen. „Du bist zu schwach!" – „... zu jung!" – „... zu klein!"

„Seid still!", rief *Basman* und sprang in sein Kostüm.

„Ho-ho-ho", höhnte der Leviatan, „schau einer an, wer da kommt."

Er hielt die Kladde hoch über seinen Kopf.

„Was soll das werden, Kleiner? Hast du 'ne Flasche Courage getrunken? Na dann komm, zeig mir, was du drauf hast", frotzelte er und peitschte seinen Schwanz hin und her.

Doch der Spott prallte an *Basman* ab. Er rammte dem Monster mit einem wohl platzierten Spin den Fuß in die Weichteile – BAM! –, setzte nach und landete einen zweiten

Treffer – PAF! –, diesmal gegen die Brust. Er wirbelte herum, sprang und schnappte nach der Kladde. Der Leviatan wirkte überrascht, wankte ein bisschen, aber hielt das Buch außer Reichweite.

Basman schrie: „Das war das letzte Mal, dass du Bas herumschubst, Arschloch!" und – WUSCH! – trat dem Monster ins Gesicht. Das hatte gesessen!

Der Vatter schüttelte die Benommenheit schnell ab.

„Wie redest du mit mir, du Nichtsnutz? Du willst dich gegen mich auflehnen? Das haben schon ganz andere versucht." Er riss eine weitere Seite aus der Kladde und schlug mit dem Schwanz nach *Basman*. Dieser wich geschickt aus und nutzte den Schwung, um seinerseits mit einem Kampfschrei eine Faust zwischen Vatters Rippen zu setzen. Dann eine weitere. Und einen Tritt.

„Nimm das. Und das!", rief Bas von seinem Zuschauerrang. Ah, das tat so gut!

Schlag um Schlag ließ *Basman* regnen, bearbeitete den Gegner rhythmisch mit Fäusten und Füßen wie einen Sandsack, setzte jedem Treffer ein Wort hinterher:

„Du. – Bist. – Nichts. – Als. – Ein. – Abscheulicher. – Brutaler. – Machtbesessener. – Verbrecher."

Beim nächsten Tritt griff der Leviatan nach *Basman*s Bein und schleuderte ihn wie eine Puppe in die drei Nyxen hinein. Die Frauen kreischten.

„Verkriech dich bei den Weibern, Muttersöhnchen, wie du es immer tust. Du bist nicht Manns genug, um es mit mir aufzunehmen, wirst es nie sein. Kannst nix, bist nix, wirst nix." Er riss den Deckel der Kladde ab und schleuderte ihn wie ein Frisby Basman entgegen. „Das hier soll Kunst sein? Das sind die Hirngespinste eines verzogenen, weibischen Jüngelchen. Wach auf und sieh der wahren Welt ins Auge."

Er donnerte seine Faust in *Basmans* Mitte. Der hatte das erwartet, packte das Handgelenk des Angreifers und warf das Scheusal mit einem geschickten Dreh über seine Schulter zu Boden. Bas' Held sprang auf den Bauch des Leviatans und begann auf und ab zu hüpfen wie auf einem Trampolin. Mit jedem Sprung fühlte Bas sich stärker, mit jedem Aufprall wurde die Horrorfigur blasser. Das Monster zappelte wie ein Käfer auf dem Rücken, versuchte vergebens, Kontrolle zu erlangen.

„Die wahre Welt? Wo Macht bedeutet, dass man sich an Schwächeren vergreift? Nein danke", rief *Basman*.

„Du hast doch keine Ahnung, wie das Leben läuft, Junge. Nur die Starken überleben", stieß der Leviatan erschöpft aus. Ein Strahl Luftbläschen schoss hinterher.

„Und du hast keine Ahnung, was Stärke wirklich bedeutet." *Basman* sah auf den Leviatan herab. „Du bist nur eine armselige Schreckensgestalt, die glaubt, dass Gewalt gleich Kontrolle ist."

Mit jedem Wort verschmolzen Bas und *Basman* ein wenig mehr, mit jedem Satz wich Kraft aus dem Leviatan – wie die Luft aus einem Gummiboot.

„Dein Terror-Regime hat jetzt ein Ende, Wichser."

Die eiserne Klammer um Bas' Herz löste sich mit einem lauten Pling, das durch die Nervenbahnen rauschte. Zuversicht flutete seine Brust. Hoffnung.

„Was heißt hier Terror?", zeterte Vatter. „Was dich nicht umbringt, macht dich stärker." Der Leviathan versuchte ein letztes Mal sich aufzubäumen, scheiterte, als Bas ihm den Fuß an die Kehle setzte.

„Meistens macht es dich einfach nur kaputt. Und damit ist jetzt Schluss."

Bas starrte unnachgiebig in die trüben Augen des Monsters und sah Furcht darin aufflackern. Und noch etwas, das er dort noch nie gesehen hatte: Anerkennung.

„Der Junge ist mehr Mann, als du es jemals warst oder sein wirst", zischte Mamm dem geschlagenen Leviatan zu und peitschte ihm alle acht Tentakeln ins Gesicht. Auch Hänni und Amy schrien und hieben auf das am Boden liegende Ungetüm ein. Bas trat einen Schritt zurück und überließ die Frauen ihrer Vergeltung.

Von dem Ungeheuer blieb nichts als eine leere Hülle zurück, die von einer frischen Strömung davongerissen wurde. Am Ende seiner Kräfte, aber voller Hochgefühl ließ Bas sich auf der Welle in salbungsvolle Bewusstlosigkeit treiben.

Orangerotes Licht bohrte sich in sein Bewusstsein. Bas öffnete die Augen, blinzelte in die gleißende Helligkeit, die wie ein Schwert durch die Wolkendecke schnitt. Es war der erste Sonnenstrahl, der Köln nach 47 Tagen Dauerregen erhellte. Für einen Moment genoss Bas die Wärme auf seinem Gesicht. Dann holte die Erinnerung ihn ein. Bilder formten sich in seinem Geist, Figuren, Szenen, das überwältigende Gefühl der Befreiung.

Er setzte sich ruckartig auf. Die Südbrücke ragte hoch über ihm auf und der Rhein rauschte zu seinen Füßen an ihm vorbei – wildes, ungestümes Hochwasser, mehr, als das Flussbett fassen konnte. Eine Bewegung im Augenwinkel lenkte Bas von den tödlichen Wassermassen ab. Eine Ratte mit einem weißen Fleck auf der Stirn saß auf seinem Rucksack neben ihm, keine zwanzig Zentimeter entfernt. Ihre Blesse strahlte im Sonnenschein. Spotty.

„Wir haben überlebt", sagte Sebastian zu der Ratte. Sie sah ihn wachsam aus schwarzen Knopfaugen an. Als er die Hand ausstreckte, um sie zu streicheln, huschte sie davon.

Gisela Kruyer
ZEITREISE

Schön war es hier nicht mehr, seit der Neubau der Leverkusener Autobahnbrücke mit seinem Lärm und Dreck die Menschen fern hielt. Der erste Teil hätte in diesem Frühjahr fertiggestellt werden sollen. Jetzt war es Ende August. Die alte Brücke stand immer noch. Steffi schlenderte durch die Fährgasse in Merkenich, weiter über den schmalen Feldweg Richtung Rhein. Links ein abgeerntetes Getreidefeld, rechts der Auenwald. Sie ging hinunter zum Wasser und sah den plätschernden Wellen zu, die ein vorbeifahrendes Containerschiff ans Ufer schob. Kieselsteine und Muscheln knirschten unter den Sohlen ihrer Sneakers. Sie blickte sich um. Keine Menschenseele hatte sich hierhin verirrt an diesem Freitagnachmittag. Nach der Hitzewelle der vergangenen Wochen war es merklich abgekühlt. Der Himmel war grau, die Luft schwer und man konnte bereits den nahenden Herbst riechen. Steffi war zufrieden. Für das, was sie heute vorhatte, musste sie alleine sein. Nur ein einziger Zuschauer hätte ihren Plan scheitern lassen. Sie setzte sich auf einen Felsblock am Wegesrand. Wind kam auf und sie zog den Reißverschluss ihrer Sportjacke hoch. Eine Krähe kreiste kreischend über ihrem Kopf. Eine Warnung? Sie spürte ein Kribbeln im Bauch, als sie das nagelneue Smartphone mit dem extra leistungsstarken Akku aus der Jackentasche nahm. Dann startete sie die App, die ihr Freund Jan in der Electronikfirma, in der er als Softwarespezialist arbeitete, mit entwickelt hatte. Die Erprobungsphase war abgeschlossen. Das Programm ist absolut sicher, wenn man sich an die Anleitung hält, hatte Jan gesagt. Er hatte es selbst ausprobiert und war begeistert gewesen.

Das Bändchen mit dem Minicomputer, das musst du immer am Körper tragen, immer – hörst du! Leg es niemals ab, hatte er ihr eingeschärft. Steffi zog das Bändchen aus ihrer Hosentasche und schnallte es um das linke Handgelenk. Das Registrierungsformular hatte sie gestern Abend bevor sie zu Bett ging bereits ausgefüllt. Was die alles wissen wollten: Alle persönlichen und medizinischen Daten bis hin zum genetischen Fingerabdruck, Familienverhältnisse, Geburts- und Wohnort sogar von den Eltern und Großeltern. Wenn Jan ihr nicht versichert hätte, dass die

Angaben für die Reise wichtig wären und keinem Dritten zugänglich gemacht würden, sie hätte die Aktion abgeblasen. Den Eltern hatte sie vorsichtshalber nichts erzählt. Als konservative Grünen-Wähler und hoffnungslos altmodische Datenschützer hätten sie kein Verständnis gezeigt. Außerdem hätte Mutter sich mal wieder unnötige Sorgen gemacht und versucht, ihr die Sache auszureden.

Sie blickte auf das Display. Die Zeitauswahl blinkte und forderte eine Eingabe. Sie hatte nun die Möglichkeit in Schritten von je fünfzig Jahren die Zeit zu wählen, in die sie reisen wollte. Jan war ins Jahr 1970 gereist, aber das war ihr zu nah. Außerdem hatte sie nun wirklich keinen Bock auf Flowerpower-Romantik. Die Schwärmereien von Oma Ingrid, diese Zeit betreffend, gingen ihr schon lange auf die Nerven. Mittelalter wäre interessant, aber dort lauerten auch viele Fallen. Steffi zögerte einen Moment und klickte dann auf die Hundert. Nun musste sie noch ein Datum eingeben. Ihr fiel nichts ein. Jetzt rächte sich, dass sie im Geschichtsunterricht nicht aufgepasst hatte. Egal, nehme ich halt meinen Geburtstag, dachte sie und tippte den dreizehnten Januar ein. Der Finger hinterließ eine feuchte Spur auf dem Display. Ein neues Fenster öffnete sich: „Bitte geben Sie die Dauer Ihres Aufenthaltes ein." Sie konnte wählen zwischen vierundzwanzig, achtundvierzig und sechsundneunzig Stunden.

Für längere Aufenthalte ist der Akku noch nicht leistungsstark genug, aber wir arbeiten daran, hatte Jan gesagt. Steffi entschied sich für achtundvierzig. Ein Wochenende in der Vergangenheit und Montag wieder wie gewohnt zur Uni. Das war so richtig nach ihrem Geschmack – und trotzdem, ihr Herz raste und ihre Hände zitterten. Sie stand auf, ging ein paar Schritte auf dem Weg zurück. In Höhe der Hochwasserschutzmauer kam jemand mit angeleintem Hund näher. Es wurde höchste Zeit zu verschwinden. Neugier besiegte die Angst. Jetzt oder nie, dachte sie und drückte auf „Start".

Ein Sog erfasste Steffi, drehte sie erst wie in einer Zentrifuge, dann um ihre eigene Achse. Ihr wurde schwindelig. Wie auf dem „Spinning Racer" auf der Kirmes dachte sie und ihre Knie zitterten. Es wurde kalt und feucht. Sie begann zu frieren und bereute, den Januar als Reisedatum gewählt zu haben. Aber nun war es zu spät. Abrupt hörte die Dreherei auf. Sie stand wieder auf festem Boden, an dem gleichen Feldweg, der jetzt aber nicht mehr asphaltiert war. Sie blickte nach links zur Baustelle und der alten Brücke. Nichts, nur Felder. Alles andere verschwunden. Rechts der Wald war ebenfalls weg. Am Anfang der Fährgasse konnte sie eine Ansammlung Häuser erkennen: das alte Dorf Merkenich. Ihr Blick wanderte zum Wasser, zu der Stelle, wo sie vorhin gesessen hatte. Dort war ein Schiffsanleger, vor dem ein paar Leute warteten. Die Frauen in waden- bis knöchellangen, weiten Röcken, die Männer in einer Art Knickerbockerhosen. Darüber schwere Wollmäntel gegen die Kälte. Alle, Männer wie Frauen, trugen Hüte oder Mützen. Steffi griff automatisch an ihren Kopf, auch sie hatte einen Hut auf. Sie blickte an sich herab. Der dunkelblaue weite Wollrock reichte ihr bis über die Wade. Ihre Füße wurden von geschnürten Stiefeletten umschlossen. Die Hände steckten in wollenen Fingerhandschuhen und an ihrem rechten Unterarm hing ein Stoffbeutel aus Samt, der mit einer Schnur zusammengezogen und verschlossen war. Sie öffnete ihn: ein Geldbeutel, ein Spitzentaschentuch mit dem Monogramm A. H., mit feinen Stichen in geschnörkelter Schrift aufgestickt, ein Taschenspiegel aus Schildpatt und ein Glasfläschchen mit der Aufschrift Riechsalz.

Mein Handy, durchfuhr es sie siedend heiß. Sie suchte ihre Kleidung nach Taschen ab. Der Mantel war ohne, aber im Rock war eine eingenäht. Sie griff hinein – leer. Hastig zupfte sie die Handschuhe von den Fingern und knöpfte den Blusenärmel am Handgelenk auf. Gott sei Dank, das Band mit der Elektronik, die über die Reiseapp mit dem Server in Jans Firma verbunden war, saß fest an ihrem Handgelenk. Steffi hörte Motorengeräusche und

Wellen, die ans Ufer schwappten. Eine Fähre legte an. Die Menschen gingen hinauf. Ein Mann mit einer Schiffermütze auf dem Kopf und einer Zigarette im Mundwinkel sah zu ihr hin und rief: „Fräulein Anna, kommen Sie, schnell." Als sie sich nicht rührte, wurde er ungeduldig. „Nun kommen Sie schon, oder brauchen Sie eine Extraeinladung?" Er winkte sie mit den Händen zu sich. Der meint tatsächlich mich, dachte Steffi und ging zögernd zur Anlegestelle. Der Mann reichte ihr die Hand, um ihr aufs Schiff zu helfen.

„Das ist die letzte Fahrt. Der Wasserpegel steigt ständig an und bei Hochwasser fahr ich nicht. Jetzt steigen Sie endlich ein!" Er griff nach ihrem Handgelenk.

„Moment mal", sagte sie, „ich will gar nicht rüber nach Leverkusen, ich möchte hier bleiben."

„Fräulein Anna, so langsam glaube ich, dass die bevorstehende Hochzeit Ihnen den Verstand raubt. Ich fahre nicht nach Läfasonstwohin, sondern nach Wiesdorf. Ihre Mutter vermisst Sie sicher schon, es wird doch bald dunkel", sagte er und zog sie an Bord.

Na toll, dachte Steffi, jetzt heiße ich Anna, wohne in Wiesdorf und stehe kurz vor der Hochzeit. Und Hochwasser ist auch noch im Anmarsch. So kompliziert habe ich mir die Zeitreise nicht vorgestellt. Der Mann, der ihr an Bord geholfen hatte, vermutlich der Kapitän, war ins Führerhaus gegangen und steuerte die Fähre auf die andere Rheinseite. Erst jetzt bemerkte sie, wie hoch der Rhein stand. Ihr Blick fiel auf die Bayerwerke. Das Areal war kleiner, reichte nur bis zum Ende der alten Kaimauer. Sonst hatte sich hier nicht allzu viel verändert in hundert Jahren. Zumindest nicht äußerlich. Nur ein hölzernes Hausboot lag davor. Sie legten an. Steffi ging von Bord und sah sich um. Der Kapitän, der dabei war, das Schiff zu vertäuen, winkte einen jungen Mann herbei, der gerade aus der gegenüberliegenden Gastwirtschaft „Wacht am Rhein" kam. „Na Franz, hast du dir beim Giesens Korn einen genehmigt?"

„Aber Wilhelm, wo denkst du hin?" Der junge Mann sah ihn entrüstet an. „Ich habe nur dem Giesen die Kirchenzeitung gebracht."

„Ist schon klar, Franz." Der Kapitän grinste, kratzte sich am Hinterkopf und fuhr fort: „Du könntest ein gutes Werk tun und Fräulein Anna nach Hause begleiten. Ihr habt doch den gleichen Weg, oder?"

„Aber sicher, gerne." Franz strahlte und bot Steffi seinen Arm. Als die nicht reagierte, sagte er enttäuscht: „Wenn Anna das auch möchte."

Steffi wollte gerade mit dem Goethezitat „Bin weder Fräulein, weder schön, kann ungeleit nach Hause gehen" antworten, als ihr einfiel, dass sie ja nicht wusste, wo sie hier in diesem Leben wohnte. Sie rang sich ein Lächeln ab.

„Ist gut, wir können gern zusammen gehen."

Wieder bot er ihr seinen Arm an. Sie schüttelte den Kopf. „Nicht nötig, ich war ja noch nicht in der Kneipe."

Ein waidwunder Blick traf sie und Franz ließ den Arm sinken. Der Kapitän nahm ihn zur Seite und flüsterte ihm etwas zu. Steffi konnte nur die Worte durcheinander und Hochzeit verstehen. Ihre bevorstehende Eheschließung schien hier Stadtgespräch, nein, Dorfgespräch zu sein. Das mit den Stadtrechten war ja wohl später gewesen.

Sie liefen über einen unbefestigten Weg. Die Wiese zwischen ihnen und dem Rhein stand bereits unter Wasser. Sie mussten immer wieder Pfützen ausweichen. Die Sohlen ihrer Stiefeletten schienen aus einem Material zu sein, das das Wasser geradezu aufsaugte, sie hatte schon nasse Füße. Da war Franz besser dran, er hatte Holz unter den Schuhen. Sie erreichten die Hauptstraße, die mit rauen, unebenen Steinen gepflastert war. Steffi blieb einen Moment stehen. Die Luft war dick und schwer. Es roch nach Rauch, der überall aus den Schornsteinen der Häuser quoll. Beim Weitergehen stolperte sie in der ungewohnten Kleidung.

„Warum nimmst du nicht meinen Arm, Anna? Bist du mir immer noch böse?", fragte dieser Franz.

Na, das konnte ja heiter werden. Gerade in der anderen Zeit gelandet und schon warteten Konflikte. Jetzt nur nichts Falsches sagen. „Das weiß ich noch nicht so genau", erwiderte sie und lauerte auf eine Reaktion von ihm.

„Och Mensch Anna, das ist jetzt ein Jahr her. Ich hab mich so geärgert damals. Immer wenn bei uns gefeiert wird, kommen diese Kerls aus Merkenich mit dem Bötchen rübergefahren und schnappen uns die schönsten Mädchen weg."

Aha, ein Eifersuchtsdrama, dachte Steffi. Sie überlegte kurz und sagte:

„Schwamm drüber, vergessen wir die alte Geschichte." Dann hakte sie sich bei ihm unter. Die Straße ging leicht bergauf und das Laufen fiel ihr schwer. Irgend etwas schnürte ihr die Luft ab. Wahrscheinlich so ein dämliches Korsett. Es dämmerte bereits, und dann begann es auch noch zu regnen.

„Ist es noch weit?", fragte Steffi und merkte im gleichen Moment, wie dumm diese Frage war. Die Reaktion ließ nicht lange auf sich warten.

„Anna, was ist denn los mit dir? Ist es wegen der Hochzeit?" Franz räusperte sich. „Also, wenn du dir unsicher bist", fuhr er fort, „du brauchst den Anton nicht zu heiraten. Ich würde dich immer noch nehmen."

Steffi musste lachen. Die Situation war zu komisch. Das musste sie unbedingt Jan erzählen, wenn sie wieder zurück war.

Ihr Begleiter deutete das Lachen falsch. Mit gekränkter

Stimme sagte er: „Ich finde das nicht lustig. Ich hatte schon vorher um dich gefreit. Gleich als ich aus dem Krieg zurückkam. Und du hast mir Hoffnungen gemacht."

Steffi konnte sich nicht mehr beherrschen. Sie prustete los. Gefreit, der Ausdruck war zu komisch. Abrupt blieb er stehen und ließ ihren Arm los. Erschrocken hielt sie inne. Schließlich brauchte sie ihn, um nach Hause zu kommen. „Sorry, Franz, tut mir voll leid. Ich wollte dich nicht beleidigen, echt nicht", sprudelte es aus ihr heraus.

Er sah sie verständnislos an. „Du redest so komisch. Ich weiß gar nicht mehr, was ich denken soll."

„Ich weiß selbst nicht, was mit mir los ist", sagte sie, „wahrscheinlich hast du Recht, und ich bin durcheinander wegen der Hochzeit. Ein Grund mehr, dass du mich wohlbehalten zuhause abliefern musst." Sie sah ihn bittend an.

„Zu Befehl, mein Fräulein", er hielt ihr seinen Arm hin, sie hakte sich unter und sie gingen weiter. Durch die Nobelstraße, die Dhünnstraße bis zum Kaiserplatz. Er blieb vor einem der Häuser aus der Bayerkolonie stehen. Steffi staunte. Es waren die gleichen Häuser, die heute noch dort stehen.

„Da wären wir", sagte Franz.

„Ach bitte, komm doch noch mit rein." Steffi wollte nicht alleine in die Höhle des Löwen.

Er sah sie zweifelnd an, doch dann folgte er ihr.

Während sie sich suchend nach einer Klingel umsah, hatte er bereits den Türklopfer betätigt. Eine stattliche, ältere Frau öffnete. Ihr schwarzes, mit grauen Strähnen durchwirktes Haar war streng nach hinten gekämmt und zu einem Knoten frisiert. Über ihrem langen, schwarzen Rock war eine graue Schürze gebunden.

„Da bist du ja endlich, Anna!" Ihr Blick verfinsterte sich, als sie Franz sah. „Das du dich noch hierher traust, Franz Sterner", sagte sie und schüttelte den Kopf.

„Ich habe ihn gebeten, mit hereinzukommen, wir haben uns wieder vertragen", sagte Steffi schnell.

„Meinetwegen, dann komm mit rein", erwiderte die Frau und warf Steffi einen Blick zu, der nichts Gutes verhieß. Durch eine kleine Diele ging sie voraus in die geräumige Wohnküche. Die Holzdielen knarrten unter ihrem Gewicht. Franz folgte ihr. Steffi blieb vor der hölzernen Garderobe stehen und warf einen schnellen Blick in den Spiegel. Sie stellte fest, dass ihr Gesicht, besser gesagt Annas Gesicht, Ähnlichkeit mit dem der Frau hatte. Die musste also demnach die Mutter sein. Steffi zog Hut und Mantel aus und schlüpfte aus den nassen unbequemen Schuhen. Dann ging sie in die Küche, wo Franz unschlüssig herumstand, seine Mütze in den Händen haltend. Es war warm und feucht in dem Raum. Unter der Decke war eine Kordel gespannt, über der Handtücher zum Trocknen hingen. In dem weißen Küchenherd knisterte ein Feuer. Franz deutete auf die Petroleumlampe auf dem Tisch, die den Raum in ein warmes Licht tauchte. „Schon wieder Stromausfall?", fragte er.

Die Mutter seufzte. „Ist eben nicht zuverlässig, diese neue Technik." Dann sagte sie: „Setzt euch, ich habe gerade Kaffee aufgeschüttet". Sie nahm aus der Vitrine des Büffetschranks drei größere Porzellantassen, die sie auf dem rechteckigen Holztisch abstellte. Steffi setzte sich auf die hölzerne Eckbank, die den Tisch an zwei Seiten umschloss. Als Franz sich neben sie setzen wollte, warf die Mutter ihm einen warnenden Blick zu und schob ihm einen Stuhl hin. Dann nahm sie eine emaillierte Kanne von der gusseisernen Platte des Herdes, auf dem mehrere Töpfe standen, und goss Kaffee ein. Steffi war durstig, sie nahm einen kräftigen Schluck und verzog angewidert das Gesicht. Die dünne braune Brühe in der Tasse war Malzkaffee. Die Mutter runzelte die Stirn. „Was ist? Schmeckt dem gnädigen Fräulein mein Kaffee nicht?"

„Nein ... doch, natürlich ...", stammelte Steffi.

„Es wird Hochwasser geben. Der Weg zur Fähre war schon voller Wasser", lenkte Franz vom Thema ab.

„Stimmt", fügte Steffi hinzu, „der Fährmann hat gesagt, dass das seine letzte Fahrt wäre." Sie nahm einen weiteren Schluck von dem Muckefuck und lächelte.

Die Frau sah sie streng an. „Ist dir klar, was das bedeutet", sagte sie. „Du kommst übermorgen nicht rüber nach Fühlingen. Die Hochzeit fällt ins Wasser." Franz grinste, was die Mutter noch mehr aufbrachte. „Du brauchst gar nicht so dämlich zu grinsen, Franz. Die Anna heiratet den Anton, wenn nicht übermorgen, dann eben später. Und jetzt trink deinen Kaffee aus und geh nach Hause."

Franz machte ein betroffenes Gesicht. „Aber Frau Höller, ich habe doch gar nichts gemacht."

Sie machte eine unwirsche Handbewegung und setzte sich auf den Stuhl Steffi gegenüber, sah ihr ins Gesicht und sagte: „Wir werden die Hochzeit verschieben müssen, wirklich zu ärgerlich."

Steffi dachte nach. 1920 hat es die Hohenzollernbrücke in Köln schon gegeben und Züge auch. Sie sagte: „Wir könnten mit dem Zug über Köln nach Fühlingen fahren."

„Ach Kind, du weißt doch, dass die Eisenbahner streiken. Die können sich einfach nicht einigen. Die Gewerkschaften sind nochmal unser Untergang."

„Es ist gut, dass es die Gewerkschaften gibt", widersprach Franz.

„Hätte ich mir ja denken können, dass du Kommunist bist. Trink deine Tasse aus und geh nach Hause." In dem Moment flackerte es und die Lampe unter der Decke ging an. Franz trank seinen Kaffee und verabschiedete sich.

Steffi lächelte ihm zu und bedankte sich dafür, dass er sie begleitet hatte. Ihr fiel auf, dass er ebenmäßige, schöne Gesichtszüge hatte. Eigentlich war er doch ganz nett, und er tat ihr auch ein wenig leid. Als die Haustür hinter ihm ins Schloss gefallen war, reichte die Mutter Steffi einen Brief. „Der ist heute morgen für dich gekommen. Ist von Klara", sagte sie. Steffi öffnete ihn und stellte mit Erschrecken fest, dass er in deutscher Schrift verfasst war. Die lateinische Schrift wurde erst nach dem zweiten Weltkrieg eingeführt, fiel ihr ein. Sie kniff die Augen zusammen – zwecklos, die steilen Haken und Bögen der Buchstaben wollten ihr ihren Inhalt nicht offenbaren.

„Was schreibt Klärchen denn?", wollte die Mutter wissen.

„Ich kann es nicht lesen", sagte Steffi. Als ein entgeisterter Blick sie traf, fügte sie schnell hinzu: „Ich habe wahnsinnige Kopfschmerzen und mir verschwimmen die Buchstaben vor den Augen. Lies du mir vor, bitte." Sie reichte das Schreiben hinüber.

Die Mutter sah sie besorgt an. „Du musst zum Augenarzt, Kind. Vielleicht brauchst du eine Brille."

„Ja, ja, nach der Hochzeit", bemühte sich Steffi schnell zu sagen. Sie hörte, wie die Haustür aufgeschlossen und Stimmen im Flur laut wurden und atmete heimlich auf.

„Vater und Käthe sind schon da. Dann werde ich mal das

Essen warm machen", sagte die Mutter, verließ die Küche und kam kurz darauf mit einem schweren, gusseisernen Topf zurück, den sie auf den Herd stellte. Ein älterer Mann mit Backenbart und eine junge Frau, ungefähr in Steffis Alter, kamen herein und setzten sich an den Tisch. Sie erzählten von der Arbeit, scherzten und lachten und schenkten Steffi keine besondere Beachtung. Die Mutter stellte ihnen zwei Tassen mit Kaffee hin und beteiligte sich an der Unterhaltung. Steffi spürte plötzlich eine unsägliche Müdigkeit und ein Gefühl der Verlorenheit inmitten dieser fremden Menschen. Sie wollte nicht Anna sein. Sie war Steffi und sie war eine Zeitreisende. Wie die wohl reagieren würden, wenn sie ihnen das mitteilte? Die Gefahr im Kerker oder auf dem Scheiterhaufen zu landen, war 1920 zum Glück nicht mehr gegeben.

„Was sagst du dazu, Anna?", riss Käthes Stimme sie aus ihren Gedanken.

„Was? Entschuldigung, ich hab nicht zugehört."

Käthe hob die Augenbrauen und die Mutter schüttelte missbilligend den Kopf. Dann holte sie Teller und Besteck aus dem Schrank, nahm den Topf vom Herd und füllte den dampfenden Inhalt in eine Schüssel. Es war Möhreneintopf mit Speckstücken darin. Käthe sprang auf und deckte den Tisch.

„Ich hätte gern ein Bier", sagte der Vater.

„Anna holt dir eines", bestimmte die Mutter.

Steffi rutschte von der Eckbank herunter, blieb unschlüssig in der Küche stehen und fragte dann: „Wo steht das Bier denn?"

„Anna, Kind, was ist bloß mit dir los? Du sollst deinem Vater einen Krug Bier beim Birkhäuser holen." Sie stand auf, nahm einen Steingutkrug mit Zinndeckel vom Regal an der Wand und drückte ihn Steffi in die Hand. Steffi atmete tief durch. Wo ist jetzt dieser verdammte Birkhäuser, und überhaupt, warum kann der Alte sein Bier nicht selber holen, dachte sie, ging in den dunklen Flur und zog die unbequemen, nassen Schuhe und den schweren Wollmantel wieder an.

„Nimm Geld mit, wir lassen nicht anschreiben." Die Mutter drückte ihr eine Münze in die Hand. Draußen sah Steffi sich um. Hier war keine Kneipe. Sie ging aufs Geratewohl bis zur Nobelstraße, da sah sie dann auch schon die Wirtschaft an der nächsten Straßenecke. Sie überquerte die Straße und wurde dabei fast von einem Pferdefuhrwerk angefahren. Der Kutscher fluchte hinter ihr her. Sie blieb stehen und atmete tief durch. Warum tue ich mir das eigentlich an? Wäre ich bloß in die 70er gereist, aber dafür war es jetzt zu spät. Hoffentlich klappt das übermorgen mit der Rückreise. Entschlossen betrat sie die Wirtschaft. Dicke Rauchschwaden hingen in der feuchten Luft. Es roch nach Tabak, Bier und Kohl. Sie ging zur Theke und reichte dem Wirt den Krug und die Münze.

„Guten Abend", sie lächelte, „der Vater möchte ein Bier." In dem Moment wurde die Tür aufgerissen und eine alte Frau in ärmlicher Kleidung betrat den Raum.

„Der Rhein, er steigt und steigt immer weiter", rief sie mit lauter knarzender Stimme. „Es wird ein Unglück geben." Sie fuchtelte mit ihrem Gehstock in der Luft herum. Dann humpelte sie zur Theke und rieb sich die blau gefrorenen Hände. Sie waren rissig mit Gichtknoten an den Fingern. „Mir ist kalt, Jupp", sagte sie mit einem Glitzern in den Augen.

Jupp, der Mann hinter der Theke, stellte ein gefülltes Schnapsglas vor sie hin. „Da, Finchen, wärm dich auf". Sie kippte den klaren Schnaps in einem Zug hinunter, musterte Steffi von oben bis unten und flüsterte heiser: „Nimm dich in Acht vor dem Wasser, oder es wird keine Hochzeit geben."

„Hey, du alte Hexe, mach dem Mädchen keine Angst", sagte Jupp. Dabei bildete sich eine steile Falte zwischen seinen buschigen Augenbrauen.

Sie nahm das leere Schnapsglas in die Hand, sah ihn durchdringend an und sagte: „Mir ist immer noch kalt."

Jupp füllte das Glas der Alten noch einmal nach und goss auch Steffi und sich selbst einen Klaren ein. Als sie ihn fragend ansah, zwinkerte er ihr zu und sagte: „Geht aufs Haus. Uns ist schließlich auch kalt."

Steffi nippte an ihrem Glas. Das Zeug war verdammt stark.

„Nicht so zaghaft, junges Fräulein. Wer weiß, wann du wieder so was Gutes bekommst", krächzte Finchen und kippte auch ihren zweiten Schnaps hinunter.

„Die Anna heiratet den reichsten Bauern aus Fühlingen. Die kann sich demnächst noch ganz andere Sachen leisten", sagte Jupp, hob sein Glas und prostete Steffi zu.

Die trank nun auch ihr Glas aus. Es brannte in der Kehle, und in ihrem Magen breitete sich eine Wärme aus, die bis in die Zehen hinab reichte.

Die Alte durchbohrte sie mit einem stechenden Blick. „Du bist nicht Anna und du bist auch nicht von hier."

„Ich komme aus der Zukunft", sagte Steffi und kicherte. Der Alkohol tat seine Wirkung.

Die Alte lachte nicht. Sie sah Steffi lange an und nickte bestätigend. „Ja, das glaube ich dir", murmelte sie.

Jupp schüttelte den Kopf und zeigte mit einer Handbewegung an, dass er am Verstand der alten Frau zweifelte. „Wir wollen den Vater nicht länger warten lassen", sagte er, zapfte Bier in den Krug und reichte ihn Steffi, die ihn vorsichtig entgegennahm und sich dann verabschiedete. Eigentlich wäre sie gerne noch geblieben, doch sie fürchtete sich vor dem Stress, der sie dann unweigerlich in Annas Zuhause erwarten würde.

„Nimm dich in Acht vor dem Wasser", kreischte die Alte hinter ihr her.

„Mach dir nix draus, Anna. Dat Finchen is bekloppt", rief Jupp, ehe die Wirtshaustür hinter ihr zufiel.

Wieder zurück, machte ihr die Mutter Vorwürfe wegen ihres langen Fortbleibens und weil sie ohne Hut das Haus verlassen hatte. Als der Vater auch noch ungehalten wurde, reichte es Steffi. Anscheinend konnte sie diesen Leuten hier nichts recht machen. Wütend knallte sie den Bierkrug auf den Tisch. „Demnächst kannst du dein blödes Bier selber holen."

Der Vater sprang auf. „So redest du nicht mit mir. Du bist wohl unter die Suffragetten gegangen!" Er ging auf sie zu und hob die Hand. Sie wich erschrocken zurück. Die Mutter drängte sich zwischen sie.

„Nun hört doch auf, ihr beiden! Heinrich", sie sah ihren Mann flehend an, „sei du doch wenigstens vernünftig!" Der Vater trat einen Schritt zurück. Die Mutter packte Steffi am Oberarm und schob sie aus der Küche hinaus in den Flur. Sie schnupperte an ihr. „Du riechst nach Schnaps. Hast du etwa getrunken?!"

„Ja, der Jupp hat mir einen ausgegeben", sagte Steffi und befreite sich aus dem Griff der Frau. „Und außerdem", sie funkelte die Mutter böse an, „bin ich erwachsen und kann tun und lassen was ich will."

„So nicht mein Fräulein!", zischte die Mutter sie an. „Du gehst sofort rauf auf dein Zimmer und denkst darüber nach, was du heute alles angerichtet hast." Sie schüttelte den Kopf und hatte Sorgenfalten auf der Stirn. „Anna, ich erkenne dich nicht mehr wieder. Was ist bloß los mit dir?"

Steffi wollte die Leute nicht noch weiter provozieren und sie war auf einmal unendlich müde. Im Grunde war sie froh, dass sie sich zurückziehen konnte. „Ja, ist gut", murmelte sie und stieg die Treppe hinauf. Die dunkelroten, hölzernen Treppenstufen knarrten unter ihren Schritten, die heute alles andere als leicht und beschwingt waren. Oben angekommen, entdeckte sie eine Leine, die unter der Decke gespannt war und an der welke Blätter aufgehängt waren. Sie roch daran. Es war Tabak. Sieh mal einer an, die bauen hier heimlich ihren Stoff an, aber regen sich auf, wenn ich mal einen Schnaps trinke. Steffi betrat den ersten Raum. Es schien das Elternschlafzimmer zu sein: ein Doppelbett aus dunklem Holz. Darüber an der Wand ein Riesenbild von Jesus mit Heiligenschein und einem offenen Herzen, das von einem Strahlenkranz umgeben war. Sie musste lächeln. Das Bild war so kitschig, dass es schon wieder schön war. Es würde hundert Jahre später auf Flohmärkten einen guten Preis bringen. Sie ging ins nächste Zimmer, das musste ihr Reich sein. Ein Einzelbett aus dem gleichen dunklen Holz wie das der Eltern. Darüber an der Wand ein Kruzifix. Unter dem Bett, etwas verschämt, ein Nachtgeschirr aus weißer Emaille mit dunkelblauem Rand und einem Deckel darauf. Auf einer Kommode mit Marmorplatte und einem Spiegel daran standen eine Waschschüssel und ein Krug mit Wasser. Beides aus hellem Porzellan mit Goldrand. Sie entdeckte in einer Ecke eine offene Truhe, die mit Tüchern, Tisch- und Bettwäsche gefüllt war – sorgfältig mit Bändern zusammengebunden. Überall war das Monogramm „A.H." aufgestickt. Das wird Annas Aussteuer sein, dachte sie. Die Tür ging auf, und Käthe kam herein.

„Du hast deine Wärmflasche vergessen, Anna." Sie hielt ein Metallding in Händen, das entfernt an ein Ufo erinnerte. Erst jetzt wurde Steffi bewusst, wie kalt es hier oben war. In diesen Räumen gab es keine Öfen. Ihre Finger waren schon ganz steif.

„Danke, Käthe", sagte Steffi, nahm die Wärmflasche und schob sie unter die Bettdecke.

Die Schwester hakte sich mit einer vertraulichen Geste bei ihr unter. „Das war ganz famos, wie du dem Vater die Meinung gesagt hast. Ich hätte mich das nie getraut", sagte sie und strahlte sie an.

„Ich wollte das nicht, aber er hat mich provoziert",

erwiderte Steffi, „du, sei mir nicht böse, aber ich bin so müde, ich möchte sofort ins Bett."

„Du machst dir sicher Gedanken wegen der Hochzeit. Hoffentlich fährt am Freitag das Bötchen wieder. Komm, ich helf dir schnell mit dem Korsett." Im Nu war die Bluse ausgezogen und Käthe öffnete mit flinken Fingern die Schnüre und Haken von diesem Folterinstrument, das Steffi die Luft abdrückte.

„Käthe, wo bleibst du? Bring Tabak und die Pfeife mit." Das war die Stimme des Vaters, die von unten heraufschallte.

„Schlaf gut und träum was Schönes", flüsterte die Schwester und war auch schon wieder weg. Steffi zog den Rock aus und die wollenen Strümpfe, die mit verzierten lachsfarbenen Strumpfbändern an den Oberschenkeln gehalten wurden. Verdammt unbequem, die Kleidung damals, dachte sie. Sie schlug die Bettdecke zurück. Auf dem Kopfkissen lag ein Nachthemd. Steffi zog es über. Es war aus dickem Flanell und reichte bis zu den Knöcheln. Rasch huschte sie ins Bett und drückte die Wärmflasche feste an sich. Ihre Nasenspitze war eiskalt und sie zog sich die Decke über den Kopf. Dann schlief sie ein.

„Anna, es ist Zeit aufzustehen." Jemand rüttelte Steffi an der Schulter. Sie hatte wirres, düsteres Zeug geträumt und fühlte sich elend. Schlaftrunken öffnete sie die Augen. „Wo bin ich, wo ist Jan", murmelte sie, als sie in das Gesicht einer fremden Frau blickte.

„Ach Anna, Kind, ich werde nicht mehr schlau aus dir", erwiderte diese und sah sie besorgt an.

So langsam dämmerte es Steffi. Die Zeitreise. Diese Frau war momentan ihre Mutter. „Entschuldige, Mutter, ich hatte schreckliche Albträume. Mir ist nicht gut."

Die Frau strich ihr übers Haar. „Ich mache mir Sorgen. Du bist mir plötzlich so fremd." Sie umfasste Steffis Gesicht und sah ihr in die Augen. Ihre Hände waren rau und rissig. „Als wärst du nicht meine Tochter", flüsterte sie.

Steffi wurde unbehaglich zumute. Das fehlte noch, dass die hier was merken, bevor sie morgen wieder zurückreiste. „Wie spät ist es?", fragte sie.

„Acht Uhr durch. Wenn du dich fertig gemacht und gefrühstückt hast, kannst du den Korb Wäsche bügeln, der in der Küche steht. Ich muss zum Markt, und anschließend will ich bei Tante Änne vorbeischauen." Die Mutter ging aus dem Zimmer. Steffi hörte, wie die Treppenstufen unter ihren Schritten ächzten. Sie stand auf und wusch sich behelfsmäßig mit dem eiskalten Wasser aus dem Krug. Jetzt Zähne putzen. In einer Schublade fand sie ein Monstrum von Zahnbürste mit Holzgriff und Tierborsten. Angeekelt legte sie es zurück und griff stattdessen zu der Blechdose mit Zahnpulver. Sie tauchte ihren angefeuchteten Finger in das klumpige weiße Zeug und rieb es über ihre Zähne. Mit dem Rest Wasser spülte sie den Mund aus. Jetzt anziehen. Sie öffnete den Kleiderschrank. Viel Auswahl war nicht. Zwei saubere Blusen und ein Rock, ähnlich wie der von gestern, hingen darin. Pullover, Shirt – Fehlanzeige. Da kann ich auch den Krempel von gestern anziehen. Wie höhnisch grinsend starrte das Korsett sie an. Das sicher nicht, knurrte Steffi und warf es in den Kleiderschrank. Dann kleidete sie sich an. Sie fror in der Bluse, hatte diese Anna denn keine Strickjacke? Im Schrank, fand sie lediglich ein dreieckiges wollenes Schultertuch, das sie sich umlegte. Nun die Haare. Keine Ahnung, wie sie diese Hochsteckfrisur zustande bringen sollte. Egal, sie bürstete ihr langes, dunkles Haar und betrachtete sich im Spiegel. Sah gar nicht so schlecht aus. Diese Farbe würde sie einmal ausprobieren, wenn sie zurück war.

„Anna, ich bin weg", hörte sie die Mutter von unten rufen. Dann fiel die Haustür ins Schloss. Das Haus war leer. Die Gelegenheit alles in Ruhe zu inspizieren. Sie zog das Wolltuch enger um ihre Schultern und stieg hinauf ins Dachgeschoss. Hier waren zwei weitere Zimmer. Eines war ähnlich eingerichtet wie ihr Zimmer, hier schien Käthe zu schlafen. Der andere Raum war abgesperrt. Auf dem Boden im Flur standen Holzkisten mit Geschirr und mit Stoffen.

Auch hier war unter der Decke eine Leine gespannt, an der trockene Tabakblätter hingen. Ihr Magen knurrte und sie ging herunter in die Küche frühstücken. Es war mollig warm hier unten. Auf dem Herd stand der Kaffee, die gleiche Plörre wie gestern Nachmittag. Sie goss viel Milch hinein und schmierte sich ein Brot mit Butter und Rübenkraut. Es schmeckte erstaunlich gut. Auf der Eckbank lag die Kölnische Volkszeitung. Neugierig schlug sie sie auf und verschlang die Neuigkeiten von vor hundert Jahren. Das war echt lustig, der Schreibstil von damals. Und was denen alles eine Nachricht wert war, dabei war die Zeitung überregional. Steffi tauchte ein in ihre Lektüre und vergaß hierüber die Zeit. Als es an der Haustür klopfte, schreckte sie hoch. Oh Mann, die Mutter war zurück, und sie hatte noch nicht gebügelt. Der Ärger war vorprogrammiert. Es klopfte erneut und eine männliche Stimme rief:

„Anna, so mach doch auf! Ich bin's."

Wieder klopfte es. Der Besucher will zu mir, das kann ja heiter werden. Ich muss versuchen, ihn abzuwimmeln.

Steffi öffnete die Haustür und wollte gerade das Märchen von den Kopfschmerzen auftischen, als sie in ein Paar optimistisch strahlende, blaue Augen blickte und plötzlich Schmetterlinge im Bauch hatte.

„Willst du mich nicht hereinbitten?", sagte der junge

Mann und lächelte sie an.

„Nein ... ja, doch natürlich, komm rein." Sie konnte ihre Augen nicht von ihm abwenden. Er sah so verdammt gut aus.

Rasch war er eingetreten und schloss die Tür hinter sich. „Ist irgendwas?", fragte er.

„Äh ..., nein ... nichts, die Mutter ist nicht da", stammelte sie.

„Um so besser, mein Engel, dann sind wir ungestört." Er sah sie zärtlich an. „Du bist wunderschön, wenn du dein Haar offen trägst, komm her zu mir." Er nahm sie in die Arme und küsste sie.

Sie erwiderte seinen Kuss und ihre Knie wurden weich. Steffi hatte sich schon öfter verliebt und Jan war nicht der erste Mann in ihrem Leben, aber das hier war anders, und es fühlte sich gut und richtig an. Mist, dass ich auf der App nur achtundvierzig Stunden eingegeben habe, dachte sie und schmiegte sich an ihn. Er roch gut – nach klarer Winterluft und nach Tabak. Er vergrub sein Gesicht in ihrem Haar und flüsterte ihr ins Ohr:

„Ich kann es gar nicht erwarten, bis wir endlich verheiratet sind." Steffi schluckte und schwieg. Was hätte sie auch sagen sollen? Vielleicht ich bin nicht Anna, morgen Nachmittag reise ich zurück ins Jahr 2020? Nein, sie würde die Zeit, die ihr noch blieb auskosten. Anton, der Mann musste Anton sein, löste sich von ihr und wurde ernst.

„Liebling, ich habe eine große Bitte an dich. Der Oma geht es immer schlechter. Doktor Schmitt hat gesagt, er kann nichts mehr machen, sie wird die nächsten beiden Tage nicht überleben." Er sah sie traurig an.

„Und was kann ich da tun?", fragte Steffi.

„Heirate mich, in ihrem Beisein. Du weißt doch, es ist ihr größter Wunsch, unsere Hochzeit noch zu erleben."

Steffi versuchte das, was sie eben gehört hatte, gedanklich zu ordnen. „Wie soll das gehen?", sagte sie, um Zeit zu gewinnen.

„Also, Kaplan Frings war heute morgen bei uns und hat Oma die letzte Ölung gegeben. Er ist bereit, uns an ihrem Sterbebett zu trauen, noch heute."

Sie sah ihn zweifelnd an und sagte: „Wie sollen wir so schnell rüber kommen? Der Rhein hat Hochwasser, die Fähre fährt nicht, und die Eisenbahner streiken."

„Na, wie bin ich wohl her gekommen? Mit meinem Ruderboot natürlich. Ich habe es bei der Kirche festgebunden. Das Wasser steht nämlich schon in der Hauptstraße und reicht bis zur Kleinen Kirchstraße. Die Leute sind alle in Kähnen und Ruderbooten unterwegs."

Steffi wollte es nicht glauben. „Du hast tatsächlich mit einem Ruderboot den Rhein überquert? Weißt du, wie gefährlich das ist?"

„Anna, was ist denn los mit dir?" Er legte den Arm um ihre Schulter. „Du weißt doch, dass ich mit der Mannschaft immer auf dem Rhein trainiere."

„Ja schon", sagte Steffi, „aber nicht bei Hochwasser."

„Liebling, das Wasser fließt ganz ruhig. Es ist überhaupt nicht gefährlich, und ich bin ein ausgezeichneter Ruderer. Ich habe schon Meisterschaften gewonnen, glaub mir", sagte er, „ich würde dich doch niemals in Gefahr bringen."

Steffi überlegte. Ein Spaß wäre es schon, und er schien ja Erfahrung im Rudern zu haben. „Einverstanden", sagte sie, „ich komme mit, aber unter einer Bedingung, wenn wir unten am Wasser sind und ich habe das Gefühl die Strömung ist zu stark, dann kehren wir um."

Er schloss sie in die Arme und drückte sie fest an sich. „Danke, mein Engel, du bist die beste Frau der Welt."

Wieder spürte sie dieses Kribbeln im Bauch. Dieser Mann war schon eine Sünde wert. Und wer weiß, wenn sie drüben die Trauung und die Sterbebegleitung hinter sich gebracht hatten, ergab sich vielleicht eine Gelegenheit. Jan würde das niemals erfahren.

Er ließ sie los. „Lass uns keine Zeit verlieren. Zieh dir Schuhe und Mantel an und binde dir ein Kopftuch um. Am Wasser ist es windig", sagte er.

Steffi schlüpfte in die Stiefeletten, die zum Glück wieder trocken waren und machte sich auf die Suche nach einem Kopftuch. Auf der Hutablage der hölzernen Garderobe wurde sie fündig. Ein dunkelblaues Tuch aus grobem Wollstoff. Nach Art der muslimischen Einwanderinnen band sie es sich um den Kopf.

Anton lachte. „Das sieht aber komisch aus." Dann wurde er ernst. „Du musst deiner Mutter noch eine Nachricht hinterlassen." Zielstrebig ging er in die Küche und nahm aus einer Schublade des Büffetschranks Papier und Bleistift. Steffi nahm den Stift und wollte gerade ansetzen, da fiel ihr ein, dass sie die deutsche Schreibschrift nicht beherrschte. Sie reichte Anton den Stift. „Schreib du. Mutter hält große Stücke auf dich. Du hättest sie gestern erleben sollen, als ich Franz mit nach Hause gebracht habe. Sie hätte ihm am liebsten den Kopf abgerissen."

Er zog die Augenbrauen hoch. „Etwa dieser Franz Sterner? Wieso bringst du den mit nach Hause?"

Steffi stöhnte auf. Sie war es satt, sich ständig erklären zu müssen, sagte aber dann geduldig: „Mir war nicht wohl gestern auf der Fähre und da hat der Kapitän den Franz gebeten, mich nach Hause zu begleiten."

„Und der hat die Situation natürlich sofort ausgenutzt", sagte Anton verstimmt.

„Nein, hat er nicht. Er wollte sich nur wieder vertragen. Und er hat gesagt, dass es ihm leid tut." Sie wartete auf eine Reaktion. Sie wollte zu gern wissen, was dieser Franz verbrochen hatte.

„Das kann ihm auch leid tun", fuhr Anton auf, „so was Hinterhältiges wie dieser Kerl! Lauert mir im Dunkeln auf und schlägt mich von hinten zusammen!"

Dann nahm er den Stift und schrieb die Mitteilung an Annas Mutter. „So, das wäre erledigt. Bist du fertig, können wir los?"

Sie knöpfte sich den Mantel zu, er nahm sie bei der Hand und sie verließen das Haus. Das Wetter war klar, aber mild, für Januar zu mild. Aus den Schornsteinen der Häuser stieg Rauch in den Himmel hinauf.

An einem Baum neben der Antoniuskirche war Antons Boot festgebunden und schaukelte im Wasser. Das Gelände war abschüssig, so dass sie gerade so noch trockenen Fußes einsteigen konnten. Zuerst Steffi, dann Anton, der dabei das Boot losband. Anton setzte sich ihr gegenüber und ruderte. Es war herrlich, wie sie über die überschwemmten Wiesen glitten. Irgendwann steuerte Anton wieder in die Hauptstraße hinein, die jetzt einem See glich. Das Wasser in den Häusern hier unten reichte bereits bis knapp über die Haustüren. Andere Ruderboote kamen ihnen entgegen, teilweise mit Kisten und Säcken beladen. Sie kamen dem Flussbett immer näher. Der Rhein strömte gemächlich dahin. Steffi konnte schon die Häuser von Merkenich auf der anderen Seite sehen.

„Siehst du, das Wasser fließt ganz ruhig. Bist du bereit für die Überfahrt?", fragte Anton.

„Ja, bin ich", erwiderte sie mit fester Stimme. Sie vertraute diesem Mann, der ihre Gefühle durcheinander gebracht hatte und dessen Optimismus so anstechend war.

„Drüben wartet der Schäng mit unserer Kutsche, kannst du ihn schon sehen?"

„Nein, noch nicht." Sie schüttelte den Kopf.

Das Boot wurde von der Strömung erfasst und Anton musste dagegen anrudern, was ihm jedoch mühelos gelang. Er beherrschte die Technik und war schnell. Sie waren bereits auf der Mitte des Flusses. Hinter einer Wolke schob sich die Sonne hervor und schien ihm direkt ins Gesicht, er blinzelte.

„Kannst du überhaupt noch etwas sehen?", fragte Steffi.

„Nein, aber den Weg kenne ich auswendig. Gleich haben wir es geschafft."

Plötzlich sah sie einen riesigen Baumstamm direkt auf sie zu treiben. „Pass auf, der Baum", schrie sie.

Anton ruderte wie wild und versuchte noch auszuweichen, doch die Strömung war zu stark. Mit einem dumpfen, aber heftigen Stoß kippte das Boot zur Seite und drückte sie nach unten. Das eisige Wasser durchnässte sie im Nu und stach wie tausend feine Nadelstiche. Vor

Schreck öffnete sie den Mund, Wasser drang in ihre Lunge. Ich will noch nicht sterben! Sie wurde von einem Strudel erfasst und herumgewirbelt. Immer schneller, immer heftiger wurde der Sog.

Das Alarmsignal schrillte und riss Jan von seiner Arbeit hoch. Er rannte zum Controldesk und sah, dass die Verbindung zu Steffis Computerarmband abgerissen war. Was war geschehen? Der Akku konnte nicht leer sein. Wahrscheinlich ein Defekt. Die Koordinaten leuchteten auf. Er transferierte sie auf die Landkarte und sah, dass sie mitten im Rhein lagen. Um Gottes Willen, Steffi! Umgehend leitete er die außerplanmäßige Rückreise ein. Der Bildschirm wurde schwarz, das System war abgestürzt. Nein, nein, nein! Das durfte doch alles nicht wahr sein. Er drückte Reset. Komm, mach schon! Sekunden, die eine Ewigkeit dauerten, dann war das Bild wieder da. Rückführung eingeleitet, stand auf dem Bildschirm. Darunter der Zeitbalken, der sich langsam vom 14. 01. 1920 nach rechts bewegte zum 29. 08. 2020. Jan atmete auf und rief seinen Kollegen Tim herbei.

„Ich musste bei Steffi die Rückführung einleiten. Keine Ahnung, was da passiert ist. Ich fahr schnell nach Merkenich und hol sie ab. Kannst du hier übernehmen?"

„Klar doch", sagte Tim, setzte sich vor den Bildschirm

und betrachtete die Karte mit den Koordinaten und den grünen Zeitbalken, der sich nach rechts bewegte. „Januar 1920, da war doch das Jahrhunderthochwasser", sagte er und drückte die Turbotaste, die den Vorgang beschleunigte und die nur im äußersten Notfall gedrückt werden sollte, da sie beim Reisenden Übelkeit und andere gesundheitliche Probleme auslösen konnte.

Steffi saß am Ufer und rieb sich die Augen. Sie fror entsetzlich und ihr war schwindelig. Sie versuchte zu rekonstruieren, was gerade geschehen war, dann musste sie sich übergeben. Anton, wo war Anton? Warum war er nicht hier bei ihr? Sie blickte aufs Wasser. Kein Anton und kein Boot, dafür ein Containerschiff. Baulärm drang zu ihr her und sie sah die Autobahnbrücke. Sie trug wieder die vertrauten Jeans und Sneakers. Vorsichtig versuchte sie aufzustehen, aber ihre Beine waren wie Pudding und gaben immer wieder nach. War sie etwa gelähmt? Sie legte sich auf den Rücken und sah in den Himmel. Eine Hummel kreiste summend um ihren Kopf. Es war ein lauer Spätsommertag, aber sie fror immer noch. Sie musste ständig an Anton denken. Was war mit ihm passiert? War er in den eisigen Fluten ertrunken, oder hatte er sich ans Ufer retten können? Warum hatte sie ihm die Fahrt nicht ausgeredet? Sie hatte doch gewusst, wie tückisch der Rhein sein konnte. Tränen liefen ihr übers Gesicht, sie drehte sich auf die Seite. In ihren Beinen begann es zu kribbeln und sie versuchte erneut aufzustehen. Zwei Arme griffen unter ihre Achseln und zogen sie hoch.

„Gott sei Dank, du lebst", sagte Jan und drückte sie fest an sich.

„Aber Anton ist ertrunken und ich bin Schuld. Ich hätte ihn davon abbringen müssen", schluchzte Steffi.

„Pscht", Jan legte seinen Finger auf ihren Mund. „Du konntest in eine andere Zeit reisen, aber du hättest die Geschichte nicht verändern können. Was vor hundert Jahren geschehen ist, ist geschehen."

Oliver Kreuz
SEELENWANDERUNG

Eine erschlagende Luftfeuchtigkeit empfängt mich, als ich die klimatisierte Praxis verlasse. Im August 2015 wedelt ein erbarmungsloser Föhn diese Tropenhitze übers Mittelmeer zu uns nach Deutschland, wo sie sich über der Kölner Bucht niederlässt wie eine riesige, brütende Vogelspinne. Sofort überkommt mich wieder diese Schwere, die meine Reinkarnationstherapeutin innerhalb der letzten Stunde wenigstens kurzfristig von mir nehmen konnte. Es gibt in Merheim nichts Außergewöhnliches, außer einer sehr beliebten Schamanin und einer äußerst hohen Population an Ratten, die weniger beliebt ist.

Ausgerechnet Ratten spielten aber eine wichtige Rolle in meiner heutigen Rückführungssitzung. Nachdem die Schamanin mich über die lange Himmelstreppe auf den großen, weißen Platz zu einer antiken Türe geführt hatte, begrüßte mich eine Horde von Ratten dahinter. Eine stinkende Gasse voller Ratten entlang schoss ich mir den Weg mit meiner Armbrust frei. Es musste sehr stark geregnet haben, denn ich stand knöcheltief in einer bräunlich, versifften Hochwasserbrühe. Je weiter ich mich vorankämpfte, begleitet vom lauten Quieken der Ratten, die meine Bolzen zu spüren bekamen, desto klarer offenbarte der Schauplatz eine mittelalterliche Kulisse. Die schwimmende Rattenhorde wurde schließlich übermächtig, so dass ich zu hyperventilieren begann und meine Schamanin rasch die Rückkehr ins Hier und Jetzt einleitete.

Nun ist es nicht so, dass ich tatsächlich an Seelenwanderung glaube. Ich halte diese Reinkarnationskiste für ebenso wahrscheinlich wie den Weltfrieden. Meine heutigen Erlebnisse im Reich der Phantasie waren besonders leicht nachzuvollziehen. Seit ungefähr einem Jahr habe ich nämlich ein neues Hobby: Rattenjagd in der Merheimer Heide. Zwei bis drei Mal die Woche treffe ich mich dort mit zwei Alt-Punks, die in der Nähe eine Kommune gegründet haben. Nette Leute, aber wirklich völlig fertig. Manu steht mir am nächsten aus dieser Clique von rebellischen Veteranen. Sie tut mir leid. Niemals zuvor habe ich so einen verlorenen Blick bei einem Menschen gesehen. Sie muss den letzten Rest Lebendigkeit auf irgendeiner LSD-Party in den 80ern ausgehaucht haben.

Mit Manu und Jens alias Klobürste lege ich mich gegen Abend also mal wieder auf die Lauer. Wir haben alle drei eine Armbrust und alle das gleiche Modell: Jaguar xbow-compound mit 175 lbs Zugkraft. Für das Originalmodell aus „The Walking Dead" hat der Geldbeutel nicht gereicht, aber mit der Jaguar kann man notfalls auch größere Raubtiere erlegen. Keiner sagt ein Wort. Wir wenden das Auge nur ab und an von der Zielvorrichtung weg, um einen Schluck aus der Kölsch-Dose zu trinken. Ich habe 16 Bolzen dabei und bin fest entschlossen, alle zu versenken, bevor die Nacht hereinbricht.

„Ich bin der Gott des Gemetzels", entfährt es mir leise und bringe sogar Manu einmal zum Lachen.

Da kreuzt auch schon das erste Opfer unseren Weg. Ein Einzelgänger, aber ein wahres Prachtexemplar von der Größe eines Yorkshire Terriers. Die roten Punkte unserer Laserzielvorrichtungen tanzen auf dem Körper des riesigen Nagers auf und ab. Wer zuerst kommt, mahlt zuerst, denke ich und drücke den Abzug. Volltreffer!

Doch bevor ich meinen Meisterschuss bejubeln kann, passiert etwas höchst Seltsames. Plötzlich stehe ich wieder in der Gasse, in welche mein mittäglicher Ausflug in der Schamanenpraxis mich geführt hatte. Panik erfasst mich, denn ich weiß nicht mehr, wer ich bin, doch einen Augenblick später weiß ich es plötzlich ganz genau.

Mein Name ist Max alias „Max, das Wiesel". Wir schreiben das Jahr 1804, und ich bin 12 Jahre alt. Mit der Jagd auf Mäuse und Ratten verdiene ich gerade so viel, dass ich nicht verhungern muss. Mal steckt man mir ein paar Heller zu, mal auch nur Pfennige oder ein Stück Brot. Am großzügigsten ist immer der Merheimer Pfarrer, von dem ich vor zwei Wochen eine Kölnische Mark bekommen habe. Das war der schönste Tag in meinem Leben. Eine ganze Woche lang konnte ich mich davon ernähren. Es reichte sogar aus, um meinen beiden Freunden, Janus und Phillip, sieben Tage lang ein ordentliches Frühstück zu bereiten.

Sehr oft stehlen wir Straßenkinder unser Essen von den umliegenden Bauernhöfen oder ernähren uns von Katzen, Hunden, Mäusen und Ratten. Manchmal erwischen wir mit unserer ausgemergelten Armbrust sogar eine Ente oder eine Taube. Wenn die Rattenjagd genug einbringt, um Essen zu kaufen, nutzen wir die Gelegenheit, um Höfe für unseren nächsten „Raubzug" auszuspähen.

Zurzeit haben wir unser Lager weit vor den Toren Kölns aufgeschlagen. Als Napoleon vor sechs Jahren das Rheinland eroberte, richtete der Chef der Schwadron seinen Hauptsitz in Köln ein. Seitdem wimmelt es in der Stadt von Militär-Gendarmerie. Wir wollen keinesfalls zurück in eine Wanderarbeitsstätte oder in das Waisenhaus, wo man uns zwölf Stunden schuften lässt. Ob am Webstuhl, beim Rübenziehen oder im Kabelwerk. Kinder ab acht Jahren werden für Fronarbeit eingesetzt. Sie können zwar nicht alle Bettelkinder einfangen, aber die Gefahr ist zu groß. So haben wir uns nun unweit des alten Merheimer Rittergutes einen kleinen Holzverschlag gebaut, der zwar nicht zum Überwintern taugt, aber fürs Erste ausreicht. Gut geschützt, in einer Mulde zwischen zwei Buchen, mit Gras und Erde getarnt, wird den Unterschlupf so schnell kein Jäger bemerken, wenn wir vorsichtig sind. Das nahegelegene Rittergut, welches noch vor meiner Geburt die Familie Eltz-Rübenach in Besitz genommen hat, stellt keine größere Gefahr dar.

Was mir eher Sorgen bereitet, ist die Krätze. Die Rattenbisse an meinen Waden haben sich entzündet, und die Milben bohren ein ganzes Tunnelsystem in meine Beine. Natürlich habe ich Janus und Phillip gleich damit angesteckt. Das einzige, was wir auftreiben konnten, um uns etwas Linderung zu verschaffen, ist Essig. Dafür hängt nun eine ätzsauere, stinkende Wolke über unserem Lager, sodass wir vielleicht doch bald abhauen müssen. Aus diesem Grund riskieren wir es heute Abend auch, ein Feuerchen unweit der Hütte zu machen. Über dem Feuer brutzeln drei Ratten am Spieß, und wir haben einen Krug voll mit Bier. Die Stimmung ist gut. Trotzdem flüstern wir. Janus ist 13 und Phillip 10 Jahre alt. Sie sind beide Kinder aus einem Findelhaus. Ich bin der Einzige, der seine Eltern kennengelernt hatte. Mein Vater und meine Mutter verstarben kurz nacheinander, als ich sieben Jahre alt war. Vater war ein protestantischer Prediger, was es im Rheinland bei all den Katholiken nicht häufig gibt. Der liebe Gott hatte leider kein Ohr für ihn, als er an Lungentuberkulose erkrankte, und meine trauernde Mutter ereilte als Strafe für ihre Schwarzgalligkeit die Pocken.

Janus erzählt uns, dass heute ein amtlicher Ausrufer im Dorf war. Das Feuer spiegelt sich in seinen glänzenden Augen, als er uns mit leicht erhobener Stimme berichtet:

„Napoleon kommt! Napoleon Bonaparte, der Kaiser der Franzosen und nun auch unser Kaiser. Der berühmteste Mann der ganzen Welt wird Köln besuchen. Seine bezaubernde Gattin Joséphine de Beauharnais wird ihn begleiten!" Schosefien de Bä-Bä Bärnääs. Da Janus stottert, geht die französische Aussprache natürlich nur äußerst zäh über seine Lippen, und wie immer, wenn er sich anstrengt, zuckt seine rechte Gesichtshälfte. Doch Phillips und meine Blicke kreuzen sich schielend. Wir sind schon etwas neidisch darauf, dass Janus bei dieser Ankündigung zugegen war. Gleichzeitig sind wir aufgeregt wie junge Welpen. Denn obgleich die kaiserliche Gendarmerie uns das Leben in der Stadt erschwert hat, genießt Napoleon ein gottgleiches

Ansehen. Die Rheinländer verehren ihn umso mehr, weil er der Region endlich Frieden beschert hat. Außerdem hat er den Kult der Vernunft eingeführt. Zumindest in der gebildeten Oberschicht erntet er dafür viel Beifall. Bis sich der Revolutionskult, der Culte de la Raison, im Volk verbreiten wird, dauert es noch lange, aber die Macht der Kirche wurde zumindest geschwächt.

Am nächsten Morgen besorge ich uns gleich die aktuelle Ausgabe der „Kölnischen Zeitung". Obwohl ich nie eine richtige Schule besucht habe, kann ich ganz gut lesen. Die ersten ganzen Sätze, die ich lesen konnte, waren die zehn Gebote. Für jeden neuen Satz, den ich fehlerfrei lesen konnte, bekam ich ein Stück Zucker von meinem Vater. Wenn ich zu lange stotterte, prügelte er mir die Nächstenliebe mit der Rute ein.

„Los, lies schon vor!", fleht Phillip mich an, als ich die Zeitung vor uns ausbreite. Schon in drei Tagen wird es so weit sein. Am Abend des 13. September 1804 wird Napoleon und Josephine ein großer Empfang an der Severinstorburg bereitet werden. Alle „Neufranzosen" sind dazu aufgerufen, das Kaiserpaar zu bejubeln.

Wir sind fest entschlossen, uns zu diesem Ereignis in die Stadt zu wagen. Am großen Tag schnüren wir bei Sonnenaufgang unsere Bündel. So haben wir genug Zeit für den Zehnkilometermarsch und können vielleicht sogar noch den einen oder anderen Bürger um ein paar Groschen erleichtern. Die fliegende Brücke, eine Gierfähre in Deutz, wird uns zusammen zwölf Pfennige kosten, aber das können wir zusammenkratzen.

Zuerst begegnet uns der Merheimer Pfarrer, als wir an der Gereonskirche vorbeigehen. Janus hat immer Angst, dass er uns ins Waisenhaus steckt, aber ich beruhige ihn, denn der alte Herr ist nicht so grausam wie die meisten anderen Pfaffen. Er lächelt uns sogar zu und begrüßt uns freundlich. Weil er immer noch heilfroh ist, dass ich seine Krypta von den Ratten befreit habe, veranlasst er seine Dienerin, unsere Trinkbeutel mit Milch zu füllen.

„Ich bin der Gott des Gemetzels", und als ich es sage, lachen wir alle drei zufrieden. Nun treten wir die Wanderschaft nach „Ville de Cologne" an, wie es jetzt offiziell heißt.

Wir halten uns von den Hauptwegen fern, womit wir sicher gehen wollen, dass uns keine Polizisten oder Soldaten in die Quere kommen. Stattdessen gehen wir querfeldein, wo man im schlimmsten Fall auf eine Räuberbande trifft. Was könnten die uns schon nehmen? Sie werden uns kaum die Lumpen vom Leib reißen. Die feuchtwarme Luft begünstigt allerdings riesige Mückenschwärme, die uns unaufhörlich nerven. Wir lassen uns die Laune nicht vermiesen. Ich erzähle meinen Freunden, was sonst noch so in der Zeitung stand. Der deutsche Astronom K. L. Harding hat den Asteroiden Juno entdeckt. Das finde ich besonders spannend.

„Wa-wa-wa- was ist ein A-A-A-steroid?" Janus stößt die letzten Silben immer besonders schnell, aber dafür zusammenhängend hervor.

„Das ist ein Himmelskörper", sage ich fachmännisch.

„Wa-wa-wa..." Seine rechte Gesichtshälfte flattert wie ein Akkordeon. Ich komme Janus mit meiner Antwort zuvor.

„Das ist so etwas Ähnliches wie der Mond", sage ich. „Nur viel k-k-kack-kleiner!" Phillip lacht sich kaputt, weil ich Janus nachäffe, aber schließlich lachen wir alle drei. Wie gut es ist, Freunde zu haben in dieser gottverlassenen Welt, denke ich und bekomme sofort ein schlechtes Gewissen, weil ich dem Herrgott in Gedanken gelästert habe. Eigentlich ist die Astronomie dem Volk noch lange nicht geheuer und auch so etwas wie Gotteslästerung. Bruno Giordanos Hinrichtung ist zwar schon fast über 200 Jahre her, aber der Vatikan ist weit davon entfernt vom geozentrischen Weltbild abzurücken.

„Wieso nennt er ihn Juno, wenn er ihn doch im September entdeckt hat?", stellt Phillip fragend fest.

Ich zucke mit den Schultern.

„Vielleicht hat er ihn schon im Juni entdeckt."

Wir sind nun schon kurz vor Deutz und völlig fertig. Die Milch ist längst alle, und wir haben nur noch einen Beutel mit Wasser. Gezwungenermaßen weichen wir von Feldwegen auf Straßen aus, und immer mehr Menschen begegnen uns. Kutschen klappern über das Pflaster, der Häuserwald wird dichter und der Gestank kündigt an, dass wir der Stadt nun ganz nahe sind. Dann ist er da. Vater Rhein. Für uns das Tor zur Welt. Die Lebensader einer ganzen Region. Siegergewässer der Franzosen! Handelssegler treiben wie müde Schwäne gemächlich dahin. Über den Mauern der Stadt ragen unzählige Kirchturmspitzen empor, so als könnten sie den Himmel tragen.

Wir sind durstig, müde und verschwitzt, als wir uns nahe dem Fährhaus ans Ufer setzen und das Panorama bewundern. Schließlich halte ich es nicht mehr aus und fülle meine Wasserflasche mit schmutzigem Rheinwasser auf, das man allerhöchstens verdünnt trinken sollte. Ich wasche mir Gesicht und Hände, und eine frische Brise trocknet meine Haut. Die Lebensgeister erwachen wieder. Janus und Phillip tun es mir gleich, und dann schicken wir Phillip los, um etwas Brot zu besorgen. Er bahnt sich flugs einen Weg durch den Menschenauflauf und ist im Handumdrehen mit einem halben Laib Brot wieder bei uns, den er „gefunden" hat.

„Der Kater lässt das Mausen nicht", sage ich grinsend

und klopfe ihm auf die Schulter.

Ein wenig später legt auch schon unsere Fähre an. Der Andrang ist so groß, dass wir das Gewühl nutzen, um hindurch zu schlüpfen und so unsere Pfennige für einen Krug Bier aufsparen zu können. Die Sonne steht bereits auf vier Uhr, als wir das andere Ufer erreichen. Mir schwant nichts Gutes, als ich zwei lange weiße Federn entdecke, die sich über die Köpfe der Menschenmenge erstrecken. Und dann sehe ich sie: zwei Gendarmen, die sicher genau nach Burschen wie uns Ausschau halten. Mit einem alten, aber wirkungsvollen Trick befreien wir uns aus der Bredouille. Als wir auf etwa gleicher Höhe der Gendarmen sind, nehmen wir einfach einen Erwachsenen an die Hand, und bevor die Überrumpelten etwas sagen können, sind wir schon um die nächste Ecke. Zwecklos, uns an diesem Tag zu suchen. Köln platzt aus allen Nähten. Der Heumarkt hat sich heute in einen Jahrmarkt verwandelt. Es herrscht Volksfeststimmung. Neben den einheimischen Händlern und aus der Ferne angereisten Kaufleuten gibt es eine große Anzahl von Schaustellern, Gauklern, Quacksalbern, Moritaten- und Bänkelsängern, Seiltänzern sowie Marionettenspielern. Größer noch als unsere Glotzaugen ist unser Hunger, weil ein Meer aus Wohlgerüchen über den Heumarkt zieht. Wir bemerken kaum, dass viele Passanten die Nase über uns rümpfen. Das Einzige, was mich jetzt interessiert, sind Spießbraten und Bier! Unsere Taschen sind leer und der Hunger groß, also beschließen wir, uns ein leichtsinniges Opfer mit fettem Geldbeutel zu suchen. Die Auswahl ist groß an diesem Tag. Die Oberschicht hat sich unters Volk gemischt, und wir riechen eine fette Börse. Eine große Menschentraube sammelt sich vor einem Karussell. Auch eine fein gekleidete Familie möchte ihre entzückenden Mädchen auf den Holzpferdchen reiten lassen. Ein dürrer, großer Herr in Frack und Zylinder ist dumm genug, die Schnüre seiner Geldbörse aus der Anzugtasche herausragen zu lassen. Als sich das Rad in Bewegung setzt und die Kinderchen glücklich strahlen, klatscht er freudig in die Hände.

Dann geht es blitzartig schnell. Wir sind eine eingespielte Bande. Phillip rempelt den Herren von links an und entschuldigt sich, während Janus den tadelnden Bruder mimt und Phillip eine scheuert. Der dürre Mann ermahnt Janus zu einem anderen Umgang mit seinem Bruder, und ich fische derweil den Geldbeutel aus seiner Tasche. Bevor die Kinderchen ihre Runden beendet haben, sind wir längst in der Menge Richtung Alter Markt abgetaucht. Wir verziehen uns zunächst in ein stilles Eckchen im Innenhof der Martinskirche. Und dann fallen wir uns ausgelassen in die Arme. 14 Kölnische Mark!

„Davon können wir uns die ganze Welt kaufen", sagt

Phillip. Wir feiern unseren Beutezug mit Spießbraten und Bier. Dann machen wir uns auf den Weg zur Severinstorburg, wo wir das Kaiserpaar empfangen werden. Das Severinsviertel gleicht schon zwei Stunden vor Napoleons Auftritt einem vollgestopften Hühnerstall, wo es kaum ein Durchkommen gibt. Immer wieder hören wir übermütige Betrunkene höhnisch grölen:

„Liberté, égalité, fraternité!"

Janus bekommt einen hochroten Kopf, als er versucht, die unbekannte Sprache zu imitieren. Leider kann ich ihm auch nicht erklären, was diese Worte bedeuten. Schließlich haben wir uns fast bis zum Tor durchgekämpft. Es dämmert schon, und wir müssen uns beeilen, wenn wir noch einen Platz erwischen wollen, von wo aus wir den Kaiser auch wirklich sehen können. Etwa dreißig Meter vor der Severinstorburg ist die Mauer niedrig und dahinter stehen drei große Ahornbäume. Lediglich ein Gendarm patrouilliert an dieser Stelle und dessen Blicke kleben an den aufgetakelten Weibsbildern, die auch uns nicht verborgen geblieben sind. Diesen Augenblick nutzen wir, um unbemerkt über die Mauer zu klettern. Als wir unter dem mächtigen Ahorn heraufschauen, müssen wir feststellen, dass der Gendarm offensichtlich nichts anderes als die Hinterteile von Frauenzimmern im Kopf hat. An scheinbar jedem Ast hängen Früchtchen unserer Sorte. Als ich hinaufklettern will, begrüßt mich ein halbwüchsiger Kesselflicker mit einem Tritt auf den Schädel. Ich rapple mich wieder hoch und als der Schwindel vorbei ist, schnappe ich mir den Krachwedel. Phillip und Janus eilen mir zu Hilfe. Den robusten Janus bekomme ich kaum gebremst, als er den Raufbold vermöbelt.

„Du... du... du Sch...scha...andbalg", fährt er den Jungen im Rhythmus seiner Fäuste an. Wie oft man Janus im Waisenhaus wohl so behandelt hat, denke ich und ziehe ihn schließlich weg. Wir erkämpfen uns einen königlichen Platz auf dem Baum und essen unsere Reste auf. Dann wird es dunkel. Kerzen, Öl und Tonlampen werden entzündet. Ein ganzes Kommando der Grande Armée geht auf und um den Chlodwigplatz in Stellung. Das Tor erstrahlt in einem Meer aus Fackeln. Kanonendonner und Glockengeläut erschallen. Die jubelnde Menge ist kaum zu bändigen. Als die prächtig erleuchtete Kutsche mit dem berühmtesten Mann der Welt durch das Tor zieht, kullern ein paar Tränen meine Wangen hinab, obwohl ich nur seinem winkenden Arm gewahr werde.

Doch dann sehe ich sie. Die Ratte! Natürlich nicht Joséphine, sondern eine leibhaftige, echte Ratte, die sich auf dem Auftritt der Wagonette niedergelassen hat. Das kann ich nicht zulassen. Ich bin der Rattenfänger von Merheim! Ich ziehe meine Steinschleuder und „Munition" aus dem Wanderbündel und visiere das etwa 20 Meter entfernte Ziel an. Ich muss den Kaiser retten! Aber statt der Ratte treffe ich das Hinterteil eines weißrussischen Zugpferdes, woraufhin der Gaul vollkommen durchdreht. Sekunden später ist das ganze Gespann ein Sinnbild für Raserei. Schließlich gehen dem Kutscher die Pferde vollends durch, und die Menge läuft schreiend auseinander. Soldaten rennen scheinbar ebenso aufgeregt wie die Pferde auf die Straße und bilden auf beiden Straßenseiten entlang der Mauer Schützenrudel. Was habe ich da angerichtet? Zitternd am ganzen Leib kann Phillip gerade noch verhindern, dass ich zehn Meter in die Tiefe stürze. Janus will etwas sagen, aber der arme Kerl bekommt kein Wort heraus. Aber scheinbar hat von den Jungs keiner bemerkt, dass ich an dieser Katastrophe schuld bin. Dann hören wir laute Rufe unter dem Baum. Soldaten! Der Ahorn erbebt unter ihren zahllosen Tritten. Schließlich holen sie einen nach dem anderen herunter. Doch wie durch ein Wunder bemerken sie uns nicht. Ich beruhige mich etwas und schlage den beiden vor, dass wir die Nacht auf dem Baum verbringen, bis jeder Soldat der Stadt in weite Ferne gerückt ist.

Am nächsten Morgen erwache ich blinzelnd unter den ersten Sonnenstrahlen. Ich liege in einem Bett mit strahlend weißen Bettlaken. Am rechten Arm hängt ein Infusionsschlauch. Eine Krankenschwester lächelt mich an. Zwei bunte Vögel namens Manu und Klobürste treten an mein Bett heran und lächeln ebenfalls.

„Du hattest einen Herzinfarkt und warst im Koma", sagt Manu sanft. „Na, jedenfalls habe ich meiner Schamanin jetzt etwas zu erzählen", antworte ich grinsend. Dann schlafe ich wieder ein, während draußen mit einem Sommergewitter der sehnlichst erwartete Regen kommt.

Angela Hoptich
WAS DAS HERZ WILL

Kalt.
Es ist so kalt.
Das Wasser. Die Kleidung. Die Füße. Alles.
Mein Körper bebt mit Stärke 9 auf der Richterskala. Das Stakkato meiner Zähne dröhnt in meinen Ohren. Ich verstehe nicht, was sie sagen, sehe nur die Lippen, die sich bewegen. Wie die losen Unterkiefer von Marionetten. Beängstigend.
Ich sehe weg.
Zu dem schwarzen Ungetüm über mir.
Aus Stahl und Beton.
Schemen bewegen sich, hin und her.
Blaue Blitze schmerzen in den Augen.
Alles fühlt sich falsch an.
Rechts auf links, innen nach außen.

Ich schwebe. Von Händen getragen.
Jemand brüllt: „Bleib bei mir, Lorelei."
Seine Zähne blitzen weiß.
Dann wird die Welt schwarz.

Das bin ich nicht.
Das Spiegelbild starrt mich an. Ich sehe an seinem Gesicht, dass es das Gleiche denkt.
Das bin ich nicht.
Diese geisterhafte Gestalt. Fadenscheinig bleiche Haut mit Sommersprossen, verstreut wie Pfeffer aus der Mühle. Blonde Strähnen hängen müde herab. So müde wie die Lider über den blauen Augen.
Das bin ich nicht.
Die Finger des Gegenübers streichen über den Hals und weiter hinab, entlang der hässlichen Narbe. Rot und lang liegt sie wie eine tote Schlange zwischen den flachen Brüsten.
Das bin ich nicht.
Meine nackten Füße frieren auf dem karierten Eis.
Ich gehe zurück ins Bett.
Die Tür geht auf und lässt die Schwester herein.
„Sind Sie bereit? Die Polizei ist da." Sie nimmt mein Handgelenk und legt geübt zwei Finger darauf. Nach einem Blick auf die Uhr nickt sie. Ihre Hände fahren über die

weiße Decke und ziehen sie unter meinem Kinn zurecht. Sie drückt mir den Notrufschalter in die Hand.

„Ich bin gleich nebenan. Wenn es Ihnen zu viel wird, rufen Sie mich. Verstanden, Lorelei?"

Ich nicke. Lorelei – das klingt so schön.

~~~

Die Sonne scheint und lässt glitzernde Reflexe über die Liebesschlösser tanzen. Hunderttausende sind es mindestens, die die Brücke zieren. Unsere Schritte eilen beschwingt über den Asphalt, der mit plattgetretenen Kaugummis gesprenkelt ist. Die Spitzen meiner Schuhe leuchten bei jedem Schritt unter dem Rock hervor. Die Hand in meiner Hand ist warm und fest. Eine schöne Hand, mit einem schlichten Reif am Ringfinger, so neu wie meine weißen Schuhe. Unsere Finger verweben sich miteinander, ein unlösbares Geflecht. Mein Herz weitet sich. Ich möchte die ganze Welt umarmen. Unter uns winken Leute vom Deck eines Schiffes herauf. Lachend winke ich zurück.

Ich reiße die Augen auf. Mein Herz ist weit, so weit. Die Freude darin schmeckt schal. Ich reibe meine Finger aneinander. Das Gefühl der anderen Hand klebt daran. Nicht unangenehm, aber fremd. Mein Bauch schmerzt.

~~~

„Erinnern Sie sich an irgendetwas, Frau Mauser? Wie sind Sie ins Wasser geraten? Hat jemand Sie gestoßen, sind Sie gefallen?"

Frau Mauser – das klingt unvertraut. Elisa Mauser. So hat er mich genannt. Ich mochte Lorelei. Die Frau vom Rhein. Ich schüttle den Kopf. Nichts. Nichts davon kann ich beantworten.

Der Uniformierte sieht mich prüfend an. Sein grauer Blick lässt mich nicht los. Er wartet, dass meine Nase wächst. Tut sie nicht. Ich lüge nicht. Ich weiß nichts.

Schließlich gibt er auf und löst den Blick. Ich reibe mein Handgelenk. Phantomschmerz von Handschellen.

Was hab ich getan?

„Sehen Sie, Frau Mauser, …" Schon wieder dieser Name.

„… der Rhein ist dieser Tage ziemlich schnell. Das Hochwasser schiebt. Die Strömung reißt Mann und Maus mit sich. Es könnte ein Unfall gewesen sein. Ein Ausrutscher."

Er will mir eine Brücke bauen. Das ist nett. Er ist nett, der dicke Polizist. Die dünne Kollegin neben dem Fenster schaut allerdings ziemlich skeptisch. Doch sie bleibt stumm.

Ich zucke mit den Schultern. Was soll ich sagen?

„Ich erinnere mich nicht."

Wasser schwappt über mir zusammen und in meine Lunge. Die Traurigkeit zieht mich in Betonschuhen nach unten. Es ist düster und schmutzig. Meine Augen brennen, doch den Schmerz fühle ich kaum, denn der Rhein reißt an mir an allen Enden. Die Strömung packt Arme und Beine, zerrt sie in verschiedene Richtungen. Das erhoffte Gefühl von Frieden stellt sich nicht ein. Das Wasser ist gnadenlos. Schleudert mich herum wie eine alte Lumpenpuppe. Das bin ich: eine alte, nasse Lumpenpuppe, bei der die Füllung fehlt. Jede Zelle vom Wasser durchdrungen. Vollgesogen und schwer sinke ich immer tiefer. Die letzten Luftbläschen entweichen meinen Lippen. Ich sehe ihnen hinterher, wie sie nach oben steigen, und lasse sie ohne Reue ziehen. Seltsam. Ich fühle keine Panik oder Angst. Nur bodenlose Einsamkeit.

Mit einem Japsen wache ich aus meinem Trancezustand auf und pumpe Luft in die Lunge. Das Herz schlägt mir im Hals. Ich betaste meine Haare, mein Nachthemd. Beides trocken. Mir wird übel, der Bauch rebelliert. Ich schaffe es gerade noch ins Badezimmer, dann stürzt ein ganzer Fluss aus meinem Mund. Er schmeckt nach Verzweiflung und Krankenhaustee.

Ein Mann stürmt ins Zimmer, als ich am Fenster stehe und dem Wind beim Spielen zusehe.

„Ellie!", schreit er und reißt mich in seine Arme. „Was machst du für Sachen?"

Er riecht nach Bügelstärke und Aftershave. Und Mann. Unbekannt, aber nicht unangenehm.

Ich mache mich frei. Die Umarmung ist mir zu distanzlos. Ich kenne ihn nicht einmal.

„Wer sind Sie?", frage ich.

Er sieht mich an, ratlos, mit faltigen Fragezeichen auf der Stirn.

Schwester Luise steht plötzlich hinter ihm. Sie sagt:

„Tut mir leid, Lorelei, ich wollte ihn aufhalten, aber er war zu schnell für mich."

Jetzt sieht der Mann die Schwester ratlos an.

„Was ist passiert?"

Schwester Luise und ich sehen uns an und zucken synchron mit den Schultern.

Wir müssen beide darüber lachen.

Sie nimmt die leere Thermoskanne von meinem Nachttisch.

„Ich hole frischen Tee. Sie sollten reden." Sie nickt uns zu.

Der Mann und ich sehen uns an. Aber keiner lacht.

Wir setzen uns an den kleinen Tisch. Die Stühle sind unbequem und nicht für langes Verharren gemacht. Das ist mir recht. Ich weiß nicht, was ich reden soll. Ich hab nichts zu sagen. Mein Kopf ist leer, mein Herz ein unbeschriebenes Blatt.

Er legt seine Hand auf meine. Ich erkenne diese Hand, hab sie schon mal gesehen. Mit einem Ring dran. Aber da ist keiner. An meiner auch nicht.

Er knetet sanft meine Finger und ich genieße das Gefühl.

„Ellie", sagt er leise. „Was hast du getan?"

Seine Stimme vibriert durch meine Nervenbahnen. Ich möchte mehr davon hören.

„Es tut mir leid. Ich kenne … erkenne Sie nicht. Möglicherweise. Ich weiß es einfach nicht."

„Ich bin David." Er fährt sich durch die Haare und zerzaust die hellbraune Topfschnitt-Frisur. Die Falten auf der Stirn machen ihn älter. „Dein Mann. Ehemann."

Mein Blick fällt auf die Hand. Kein Ring. Kein Ehemann. Warum lügt er?

„Du wirst morgen entlassen. Ich werde dich abholen und nach Hause bringen."

Aber ich habe kein Zuhause. Jedenfalls keines, an das ich mich erinnere.

Trotzdem steigen Bilder in mir auf: Eiffelturm, Tower Bridge, La Sagrada Familia. Die Baustelle der Elbphilharmonie. Wind, der unsere Haare verweht. Finger, fest verwoben.

∼∼

Zuhause ist ein komischer Ort.
Er hält das Versprechen von Geborgenheit nicht ein.
Nichts hier fühlt sich an wie ich. Oder wie wir.
David sieht mir zu, wie ich durch die Räume streife. Wie durch ein Museum. Hier und da nehme ich ein Ding auf, drehe und wende es nach allen Seiten, rieche sogar daran. Es ist frustrierend. Verstand und Gefühl melden nur eine Nulllinie.
Als ich den Kleiderschrank öffne, strömt mir eine Duftwolke entgegen. Es riecht nach Citrus, aber in meinem Kopfkino sehe ich Orchideen. Die Kleidung im Schrank hat nichts mit mir zu tun. Stück für Stück sehe ich mir an. Die Schuhe sind viel zu flach.
Davids Sachen hängen hier nicht.
„Hast du Hunger?"
David steht neben dem geöffneten Kühlschrank. Er ist leer – bis auf ein Glas Konfitüre.
Ich merke plötzlich, dass ich hungrig bin.
Hungrig, diese Leere zu füllen.
Hungrig, dieses Loch in meinem Gehirn zu stopfen, aus dem die Erinnerungen verschwunden sind. Und durstig, nach ganz viel Leben. Ich brauche etwas, mit dem ich beginnen kann. Etwas, an dem ich mich festhalten kann.
Ich nehme Davids Hand und sage: „Lass uns essen gehen.

Ich könnte eine ganze Kuh verschlingen."

Er lacht und ich liebe sein Lachen.

„Du bist Vegetarierin."

Ich schüttle den Kopf. Das ist Ellie vielleicht. Lorelei ist es bestimmt nicht. Ich schmecke das Fleisch schon auf der Zunge.

Warme Haut unter meinen Lippen – und Hitze. Feucht von der Reibung des Fleisches. Atemloses Keuchen, zugleich. Es ist unser Lied. Seine Hand spielt mit meiner Brust, bringen die Saiten in mir zum Schwingen. Ich lasse die Finger über seinen Rücken tanzen bis tief hinab zu den beiden festen Hügeln und weiter. Presse ihn fester an mich. In mich. Loslassen ist keine Option. Ich will ihn. Für immer. Seine Zunge drängt in meinen Mund. Er schmeckt so gut. Nach Zuhause, nach Rotwein und nach Ewigkeit. Er sieht mich unverwandt an, während wir uns in schnellerem Takt bewegen. Seine Augen glänzen schwarz im Dämmerlicht. „Ellie", flüstert er, „für immer."

„Ellie." Davids Stimme klingt besorgt. Als ich ihn ansehe, sehe ich die Frage in seinem Gesicht: Wo bist du gewesen? Ich weiß es nicht.

Ich liebe Rotwein.

Das habe ich heute herausgefunden. Der Geschmack auf der Zunge ist vertraut. Das warme Rauschen, das vom Kopf in den Körper zieht und zyklisch durch meine Adern pulst. Lust auf mehr, viel mehr.

Und dann ist da David. Mein Ehemann.

Er verschweigt mir etwas. Den ganzen Abend redet er, denn ich habe nicht viel zu sagen. Aber ich höre alles. Auch das große schwarze Loch.

Er erzählt von uns. Wie wir uns kennenlernten. Von unserer Hochzeit, unseren Reisen.

Dumm nur, dass es nichts in meinem Gedächtnis anrührt. Aber er berührt mich.

Seine Sorgsamkeit. Seine Wärme. Er ist attraktiv. Und einfühlsam. Kein Wunder, dass ich ihn geheiratet habe. Ich würde es wohl wieder tun. Wie alt mag er sein? Mitte Dreißig vielleicht. Seinen Mund hab ich jetzt schon zum Küssen gern. Ich liebe die Art, wie er sich zu einem Lächeln weitet und kleine Fältchen in den Ecken aufwirft.

Davids Gesicht leuchtet in jugendlichem Strahlen, das bis zu den braunen Augen reicht. Ist es der Wein oder die Gesellschaft? Die ewig alte Frage. Ich fühle mich wie bei einem ersten Date. Er ist ein Fremder, der Stück für Stück vertrauter wird. Und Stück für Stück wächst in meinem Bauch kribbelnde Aufregung.

Es ist eine seltsame Nacht. Im Dunkeln sehe ich David zu, der neben mir liegt und vorgibt zu schlafen. Er zwingt seinen Atem zur Gleichmäßigkeit. Warum? Wem macht er etwas vor – mir oder sich selbst?

Es zuckt in meinen Fingern. Sie wollen seine Wärme unter sich spüren. Von Gewohnheit geprägtes Verlangen oder motorisches Gedächtnis? Ich halte sie mit Mühe zurück. Obwohl ich es ihnen nicht verdenken kann. Neugier ist es, die mich drängt. Gewohnheit verspüre ich nicht. Ach, so widersprüchlich – ist das Liebe? Über dieser Frage schlafe ich ein.

Ein Raum voll gleißenden Lichts. Antiseptische Gerüche. Auf einer Bahre liegt die Frau, die ich im Spiegel sah. Ellie. Nein, es ist keine Bahre, es ist ein OP-Tisch und Gesichter in Masken schauen zu mir herab. Ich sehe nur die Silhouetten. Das helle Licht brennt sich in mein Gehirn. Ich friere. Plötzlich fühle ich mich verloren.

„Sie ist weg. 240 Minuten, ab jetzt."

„Das Herz ist stark. Sie wird es schaffen."

Messer blitzen auf. Von oben sehe ich rotes Hochwasser aufsteigen, das grüne Tücher überschwemmt. Geräte piepen in regelmäßigem Takt und lullen mich ein.

Als ich aufwache, liegt mein Arm in der Kuhle, die David in der Matratze hinterlassen hat. Ich gehe in die Küche. Dort steht er, frisch geduscht mit nassen Haaren, doch seine Kleidung hat er an.

„Was ist passiert?", frage ich. Er sieht mich mit großen Augen an. Irgendwie schuldbewusst.

„Nichts."

Das stimmt. Nichts, das erinnernswert wäre.

~~~

Nachmittags schellt es an der Tür und zwei Menschen, die ich noch nie gesehen habe, stürmen an David vorbei. Die ältere Frau reißt mich in ihre Arme und schreit:

„Oh Ellie, mein armer Schatz." Sie schluchzt an meiner Schulter.

Der ebenfalls ältere Herr hält sich im Hintergrund, bis die Szene vorbei ist. Dann tritt er an mich heran und umarmt mich eckig.

„Elisa, Kind, mach doch so etwas nicht. Es ist alles unsere Schuld."

Ich verstehe den Sinn nicht, aber der Tonfall sagt mir, dass es Ellies Vater sein muss. Dementsprechend ist die Frau Ellies Mutter. Meine Mutter. Aber so fühlt sie sich nicht an. Sie weckt nichts Familiäres in meiner Brust. Ich höre nur mein Herz schlagen, stetig und stark.

„Es tut mir so leid", ist der Satz, den ich am Ende des Tages nicht mehr hören kann und will. Die ständigen Wiederholungen machen ihn auch nicht echter. Oder verständlicher. Da ist wieder dieses schwarze Loch, um das alle herumreden. Wenn ich mich doch nur erinnern könnte.

David schafft es schließlich, die Eltern hinaus zu komplementieren. Ich sinke dankbar in die Sofakissen. David setzt sich neben mich.

„Tut mir...", beginnt er zu sagen, doch ich verschließe seinen Mund mit meinen Lippen. Ich halte es nicht mehr aus.

~~

Der Gang zum Schafott. Ein Spießrutenlauf vorbei an quälend glücklichen Gesichtern. Ich schäme mich meiner Tränen nicht. Das ist das Schwerste, das ich jemals hinter mich bringen musste. Abschied nehmen. Mein Herz ist eine schrumpelige Walnuss aus Osmium, bläulich-grau, tot und erstarrt. Es sinkt durch meine Eingeweide, reißt ein tiefes Loch. Ich muss um Atem ringen. Der Sauerstoff staut sich in der Lunge, wird nicht abtransportiert. Der Kölner Himmel gleicht sich meiner Schwermut an. Die regenschwangeren Wolken hängen tief herab bis auf die Schlösserwand. Der Geruch nach feuchtem Rost ist ekelerregend. Noch ein paar Schritte, dort hinter dem vierten Pfeiler, in der fünften Reihe von oben. „Ellie und David. Forever." Damals erschien mir der Platz aussichtsreich. Jetzt stelle ich fest, dass unser Schloss das Dreizehnte von links ist. Mit zitternden Fingern befestige ich das hellblaue Miniaturschlösschen daran. „Fritzi" – in einem Herz. Regen prasselt herab und wäscht alles fort: die Tränen, die Liebe, die Unschuld, die Gaffer mit und ohne Kamera. Mich.

Ich wecke David, der mich in seinen Armen hält.
„Wer ist Fritzi?"
Er sieht mich traurig an.
„Nur ein Name. Ein Arbeitstitel. Ein Entwurf. Wir wollten nie mehr davon sprechen. Hast du selbst das vergessen?"
Brackiges Hochwasser quillt in mir auf und fließt aus meinen Augen. Ein Stich durchbohrt meine Mitte. Mir wird übel. Kotzübel. Ich schaffe es gerade noch ins Bad.

⁓∽

Vierter Pfeiler, fünfte Reihe, dreizehntes Schloss. Ich muss es mit eigenen Augen sehen. Da hängt es. Vertraut nur durch den Erinnerungsfetzen. Ellie und David. Forever. Wie ein Mahnmal. Oder ist es ein Versprechen?
Das kleine Blaue hängt daran, aber keine Gefühle. Es ist irgendwie fremd. Kalt und nass, als meine Finger darüber streichen. Die Stelle mit Davids eingeritzten Namen scheint ein wenig wärmer. Vielleicht reine Einbildung, trotzdem schleicht sich ein Lächeln in meine Mundwinkel. David. Meine Zunge führt ein Eigenleben und fährt

über meine Lippen. David. Mein Herz rennt schneller und pumpt Hitze in meine Wangen. David.

Das hellblaue Minischloss hat bereits Rost angesetzt. Mit den Regentropfen darauf sieht es aus, als würde es weinen. Mitleid steigt auf, aber nur so viel, wie ich einem nackten Vogelküken entgegenbringe, das aus dem Nest gestoßen wurde. In meinem Herzen suche ich nach einem echten Gefühl, nach Trauer, nach mehr. Ich schließe die Finger um das kleine Ding und genau das bleibt es: ein Ding. Kalt und hart. Oder bin ich es?

Schlechtes Gewissen stichelt in meinem Bauch. Ich bekämpfe die Übelkeit und zwinge eine Erinnerung herbei. Und sie kommt. Als hätte Ellie bereits darauf gewartet.

David steht in der Tür, einen Koffer in der Hand. Unter meiner Haut liegt angestauter Hass. Er kriecht durch alle Poren. Rauscht in den Ohren. Perlt aus den Augen.

Davids Blick ist trüb. Gebrochen. Er winselt wie ein Hundebaby. Doch es – er – rührt mich nicht an. Ich will ihn nicht mehr sehen, nicht mehr hören. Nicht mehr fühlen. Nie mehr! Ich fühle ohnehin nichts außer diesen Hass.

"Weißt du, Ellie", sagte er so leise, dass ich ihn kaum verstehen kann, "es ist auch für mich schwer. Es war auch mein Kind gewesen."

Der Hass braust lauter in meinen Ohren, drängt aus meinem Mund.

„Nein! Du", *schreie ich*, *„hast kein Recht zu trauern. Du hättest niemals einwilligen dürfen."*
„Was hätte ich tun sollen? Du oder das Kind, Ellie. Deine Eltern …"
„Meine Eltern? Die hatten kein Stimmrecht. Du, David, du warst gefragt. Der Ehemann." Meine Schultern wiegen zwei Tonnen. „Du – hast versagt."
Er seufzt. Die Luft entweicht zischend. Ich wedle sie weg wie lästige Fliegen.
„Du wirst das nie verstehen. Hast es nicht gespürt, das erste, leise Flattern, zart und zaghaft wie Elfenflügel. Die Liebe, die im Gleichtakt wuchs. Die Nähe, das Einssein. Das Wunder. Du hast es nicht unter deinem Herzen getragen. Ich schon. Und jetzt ist da nichts mehr. Kein Kind. Kein Herz. Nur noch große Leere."
Und der Hass. Der wallt auf und quillt erneut aus den Augen, heftiger als zuvor.
„Geh, hau ab. Ich kann dich nicht mehr ertragen."
Ich stoße David aus der Tür. Meinen Ehering werfe ich hinterher. Er dreht sich noch einmal um. Ich ignoriere die Verzweiflung in seinem Gesicht.
„Ich liebe dich, Ellie. Ich will und wollte dich nicht verlieren. Ist das egoistisch? Ja. Aber wir können noch viele Kinder haben. Jetzt ist alles in Ordnung mit dir. Die Ärzte…"
Ein schriller Schrei schallt durch den Flur. Es ist meiner.

Die Finger schmerzen. Meine Hände umklammern das Geländer. Die Knöchel treten weiß hervor. Ellies Schrei hallt in mir wider. Es ist nicht meiner. Gott sei Dank – es ist nicht meiner!
Nur ein Echo, das auf taube Ohren trifft.
Der Hass, die Abscheu, die Verachtung – nicht in mir.
Das bin ich nicht.
Ich bin nicht Ellie.
„Ich bin nicht Ellie", sage ich zu dem roten Regenschirm neben mir. Die Frau darunter sieht mich skeptisch an. Ich lache laut. Der Regen prasselt hart bis auf die Haut. Ellies Haut, nicht meine. Ich lache lauter.
„Halleluja", schreie ich dem Rhein entgegen. Passanten heben ihre Schirme. Sie geifern nach fremdem Glück.

Wenn ich nicht Ellie bin, wer bin ich dann?
Lorelei, nur Lorelei.
Es ist absurd, in ihrer Wohnung nach mir zu suchen. Aber vielleicht finde ich ja heraus, wo Ellie verloren gegangen ist. Zuerst werfe ich alle Pillendöschen weg, auf denen ihr Name steht.
Ich bin nicht Ellie. Auch wenn mein Spiegelbild vorgibt, sie zu sein.
Ich bin das nicht. Nicht Ellie und nicht lebensmüde.
Ich schalte das Radio ein. Meine Füße tappen sofort im

Takt. Ich möchte tanzen und drehe mich im Kreis, bis mir schwindelig wird. Eine Leichtigkeit ergreift mich, ein Rausch, bekannt und willkommen.

Das Leben ist so schön.

Ich will, ich muss David anrufen. Er soll es auch wissen. Was immer ihn und Ellie trennte, es hat nichts mit mir zu tun. Wir können einfach glücklich sein. David und Lorelei. Zusammen.

Wird er mir glauben? Wird er erkennen, dass ich innen nicht bin, wie ich außen aussehe? Das wird schwer werden. Ich brauche Beweise. Irgendetwas Handfestes.

Es klingelt. Sofort denke ich: *David!* – und mein Herz hüpft im Takt mit meinen Füßen zur Tür.

Doch er ist es nicht. Es ist eine fremde Frau. Sie ist blond, groß, schlank. Etwa in Davids Alter.

„Ja bitte?", sage ich, doch sie stößt die Tür weiter auf und rauscht an mir vorbei ins Wohnzimmer. Als wäre es ihres. Unschlüssig bleibe ich stehen. Es ist klar, dass sie Ellie kennt. Ich kenne sie nicht. Aber vielleicht hat sie die Antworten, die ich suche. Also folge ich ihr.

Sie sieht wütend aus. Wie eine Gewitterwolke. Ihre Augen feuern Blitze.

„Lass deine Finger von David", geht sie mich ohne Umschweife an. „Du hattest deine Chance. Jetzt gehört er mir."

Das kam unerwartet. Mein Herz rüstet auf, der Wassergraben ist gegraben, die Stadtmauer bemannt. Besitzansprüche regen sich im Inneren.

„Und was meint er dazu?", frage ich scheinheilig. Die vergangenen Nächte nehmen die Antwort vorweg.

„Du hast ihn zerstört. Weißt du eigentlich, wie lange es gedauert hat, aus dem Wrack einen einigermaßen funktionstüchtigen Kahn zu machen? Von dem Luxuskreuzer, der er mal war, ist er weit entfernt."

Ach. Vielleicht noch ein paar überflüssige Schiffsmetaphern auf Lager?, denke ich. Für mich funktioniert David fein.

„Er liebt dich nicht mehr. Er liebt jetzt mich", fährt sie fort und wird dabei immer leiser. „Wärest du doch nur im Wasser geblieben. Für immer. Stattdessen wirbelst du den alten Dreck wieder auf. Siehst du nicht, was du anrichtest? Du zerstörst ihn, wieder und wieder und wieder. Ich wünschte, du würdest aus seinem Leben verschwinden."

Regen bricht aus der Gewitterwolke, spült die Blitze weg und hinterlässt graue Schleier auf den Wangen. Die Frau tut mir leid. Ich sehe ihr an, dass sie es ahnt: der Sieg ist meiner.

„Du hast deine Ansprüche verwirkt, Ellie, als du ihn vor die Tür gesetzt hast." Ein letztes Schütteln der Gebeine.

Aber ich bin nicht Ellie.

Lorelei setzt die Frau vor die Tür.

～～

Wasser fließt über und unter mir. Und aus meinen Augen. Doch es ist keiner da, der das bemerken könnte. Die Brücke ist leer und kalt. Eisig bis in die Knochen. „Unerträglich" kratzt nur an der Oberfläche. Die Kälte kommt von innen. Aus dem schwarzen Loch, in dem vor langer Zeit mein Herz steckte. Es saugt alles auf. Saugt alles aus mir heraus und mich hinein in ein höllisches Nichts. Die oberen Kreise hab ich passiert. Die Schwachen, die Passiven, die Zornigen. Jetzt sehe ich hinab in den Schlund. Zu den Tyrannen, den Mördern, den Gotteslästerern. Den Selbstmördern. Mein Bein schwingt über das Geländer. Es ist ganz leicht. Einen Moment lang glaube ich zu fliegen. Dann tauche ich ein – in den siebten Kreis von Dantes Hölle.

～～

In der Wohnung finde ich nichts außer einem Schlüssel mit einem Schildchen daran. Keller 8c rechts. Das macht es einfach. Wenn Ellie etwas tief vergraben wollte, dann könnte es im Keller sein.

Die Nummerierung lässt zu wünschen übrig. Nach einigem Suchen finde ich den richtigen Verschlag. Vollgestopft mit unnötigen Dingen. Und Kartons mit Davids Namen drauf. Ich öffne einen. Nichts als Bücher. Nach und nach

arbeite ich mich durch den Ballast.
Bis mir die Kiste in die Hände fällt.
DIE Kiste.
Eigentlich ist es nur ein Schuhkarton, aber er enthält alles, was mein Herz begehrt. Antworten. Bilder, Dokumente. Ein Hochzeitsfoto. David und Ellie sehen so glücklich aus, dass ich ihr die Augen auskratzen möchte. Da ist noch ein Foto. Die Frau, die auf David Anspruch erhebt, liegt Ellie in den Armen. Auf der Rückseite ist ein Vermerk: „Chrissy und ich". Vor drei Jahren scheinen wir „Besties Forever" gewesen zu sein. Ha! – Ewigkeit ist etwas absolut Relatives.
Ich wühle mich weiter durch die Kiste. Vorbei an Fotos von Menschen, die ich nicht kenne. Vorbei an einigen ungeöffneten Briefen, deren Absender David heißt.
Ich erfahre alles über Ellie. Das ist mehr, als mir lieb ist. Stück für Stück entblättert sich ein Drama. Ein Mutterpass. Ein Ultraschallfoto. Ein klitzekleines Paar weißer Sneakers. Ihre Winzigkeit rührt mich zu Tränen.
Durchschläge von Dokumenten, die David unterschrieben hat: Untersuchungsbefunde, Diagnose Kombiniertes Klappenvitium. Indikation Schwangerschaftsabbruch – ein Kollateralschaden. Notoperation. Papierkrieg mit der Krankenversicherung. Herztransplantation. Fachbegriffe schwirren mir vor Augen, doch langsam blicke ich durch: Ellie lebt mit einem fremden Herzen.

Es muss meines sein.

Ich fühle, wie es schneller schlägt. Voller Lebenswille.

Deshalb hat Ellie das Wasser gewählt. Um alles fortzuspülen, das lebendig war. Fast hätte sie es geschafft. Doch mein Herz ist zu stark. Es leistet ihr erfolgreich Widerstand.

Wer ist nun aber Lorelei?

Ich liebe diesen Namen. Ich google mich erfolglos durch die Flut der Informationen. Sie scheint uferlos. Neben der Sagengestalt, den Gilmore Girls und einem Ausflugsschiff finde ich niemand mit diesem Namen.

In einem zweiten Versuch gehe ich es anders an. Die Unterlagen aus dem Keller tragen echte Daten. Wenn für Ellie ein Herz gefunden wurde, muss es am gleichen Tag jemand verloren haben.

Das Krankenhaus bleibt verschwiegen wie ein Grab. Ich klicke mich durch Hunderte von Seiten. Zu viel ist an diesem Tag geschehen. Ein Unwetter walzte durch Nordrhein-Westfalen. Stromausfälle, umgestürzte Bäume, abgedeckte Dächer. Wasser auf den Straßen. Auffahrunfälle. Eine Notiz in der lokalen Zeitung lässt mich stocken. Ein PKW gerät ins Schlingern auf regennasser Bahn und stürzt von einer Brücke. Drei Insassen überleben schwer verletzt. Die Fahrerin, eine Maja S. aus K., 25 Jahre jung, stirbt an der Unfallstelle.

Maja.

Mein Herz erhöht den Takt, als riefe jemand seinen Namen.

Bei der Zeitung verweigern sie die Auskunft. Selbst gegen Zirpen und Flöten sind sie immun. Als Antwort stelle ich das Web auf den Kopf. Und werde schließlich fündig. Nichts ist so sicher wie die Steuer und der Tod? Genau. Damit das jedem bewusst bleibt, gibt es die Todesanzeigen. Sie erinnern weniger an die Toten als an die eigene Sterblichkeit. Der Nachruf für eine Maja Sander ist warm und herzlich. Man merkt, dass sie geliebt wurde.

Ein Glück, dass das Internet nichts vergisst. Oder verliert. Denn ich finde in kürzester Zeit eine Rückschau auf Majas Leben.

Mein verlorenes Leben.

Als ich Majas Facebook-Profil öffne, schaue ich mir selbst ins Gesicht. Ihr Bild ist das Spiegelbild meiner Seele. Das bin ich. War ich.

Da sind meine Eltern. Majas Eltern. Ein Bild von uns aus lang verflossenen Tagen. Meine Freunde – Sophia, Bella, A-Man, Coq und all die anderen. Ich erkenne alle wieder. Lese die Posts, die sie für die Ewigkeit hinterließen. Ihre guten Wünsche für eine Reise in eine bessere Welt. Ich weine ein wenig und wünsche, ihre Wünsche würden wahr. Eine digitale Gedenkstätte. Ich zappe durch die Fotos und

Videos, die wir uns gegenseitig posteten. Lebensfreude strahlt aus allen Pixeln. Ich konnte recht gut singen. Und ich war hübsch – dunkelhaarig, mit sonnenverwöhntem Teint und Schalk in den tiefbraunen Augen. Ein positiver Mensch, für jeden Blödsinn zu haben. Übermütig und wild. Beliebt. Geliebt.

Wehmütig sehe ich auf mein vergangenes Ich zurück.

Farewell, Maja Sander.

Es war schön, solange es dauerte. Doch auch das ist nun vorbei.

Das bin ich nicht.

Nicht mehr.

Nicht Ellie und nicht Maja.

Ich bin etwas Neues. Ein wenig von beiden, ein bisschen von keinem.

Ich bin Lorelei. Die Frau vom Rhein.

Besser kann ich's mir nicht erklären.

Ein Schlüssel dreht sich im Schloss und David steht in der Tür, einen großer Koffer in seiner Hand. Herz voraus springe ich ihm entgegen. In meinen Armen fühlt er sich richtig an. Richtig gut.

Sein Kuss ist eine einzige, große Frage: „Willst du mich?"

Zweifel treibt heißes Blut in meine Wangen.

Will er denn die, die ich bin?

Aber mein Herz klopft Morsezeichen:
lang-kurz-kurz-kurz lang-kurz.
J-A.
Das Herz will eben, was es will.

Norbert Görg
DIE SONNE UND DER WINDHUND

I

Der Morgen beginnt müde und mutlos. Die Sonne versucht sich aufzublähen, sackt freudlos in sich zusammen, bündelt ihre Kräfte und nach einigen weiteren Anläufen gelingt es ihr, sich am Horizont hochzuhangeln. Aber ihre Strahlen haben nicht den gewohnten Glanz und die gewohnte Schneidigkeit, eher eine gewisse Blässe, die zart in das schattenhafte Nichts der Dunkelheit einsickert. Herr F. mag die Sonne, ihr Licht, ihre Wärme. Aber er hütet sich, ihr zu nahe zu kommen, und flüchtet sich, geschieht es versehentlich, in den Gletscher seiner Einsamkeit.

Heute spürt er ihre Kraftlosigkeit stärker als seine eigene. Er blinzelt durch die verklebten Augen. Räkelt sich. Spürt, wie die Geschosse der Gedanken auf ihn einstürmen.

Die Realität des Tages ist wie ein aufgebrachter Bienenschwarm, summend und brummend. Lästig wie Hagelkörner. Herr F. findet keinen Weg ihr auszuweichen; sie scheucht ihn in der Wohnung umher; zuletzt taumelt er in den Flur, in dem so viele Türen sind, aber Herr F. findet nur eine.

Draußen wartet der Windhund. Herr F. hastet los, der Hund verfolgt ihn, lässt sich nicht abschütteln. Hartnäckiger als ein Schatten. Erst, als Herr F. die Firma erreicht, bleibt er draußen zurück.

Im Büro rasseln die Ketten. Der Chef glotzt mit Stieraugen. Die bebrillte, grünlippige Kollegin ignoriert ihn mit stumpfer Eitelkeit. Herr F. schmiedet Rachepläne, wie er es dem Schicksal heimzahlen kann. Draußen tickt der Straßenlärm. In der Ferne läuten die Glocken wie ein Mahnmal.

Herr F. denkt an Frauen, der beste Zeitvertreib, während der Computer leise sein Trostlied summt. Wie er mit einer Schlitten fährt, vielleicht mit der Kollegin, schlingernd den kurvigen Hügel hinab, und wie sie unten im Gesträuch landen, wild übereinander purzelnd, der Schnee zerstiebt wie Waschpulver ...

Frauen sind für Herrn F. unnahbare Gestalten. Er hat noch nie eine berührt. Nicht einmal seine Mutter, die ist kurz nach seiner Geburt in Grönland erfroren. Er wuchs in einem Käfig voller Elefanten und Tiger auf und lernte früh, seine Krallen zu schärfen und seine Seele zu panzern. Wie gerne würde er sich mal besiegen lassen. Aber er meidet den Kampf. Und kampflos ist man immer Sieger.

Der Feierabend dröhnt wie ein riesiger Hammer. Der Computer haucht seinen Atem aus. Herr F. steht auf und verlässt grußlos den Raum. Er schlägt eine Richtung ein, die zu seinem Zuhause führen könnte. Er lässt sich Zeit. Eine Lichtanlage blinzelt ihm vertraulich zu. Seine Blicke scheren aus, wenn eine junge Frau vorbei schwebt. Er angelt nach Worten, die vorüber wehen. Die Sonne hat den Kampf aufgegeben: Sie verbirgt sich hinter Wolkenfassaden. Herr F. wirft ihr eine verächtliche Geste entgegen. Ein junger, wilder Mann bezieht die Geste auf sich und zeigt ihm die Faust. Gerne wäre Herr F. in diese Berührung hinein gelaufen. Aber schon hat sich die Szenerie gewechselt, das geht im Sekundentakt. Jetzt steht ein Uniformierter vor ihm. Zeigt ihm seine Zähne. Ermahnt ihn zur Besonnenheit. Tritt ihm dabei auf den Fuß.

Im Bus hat Herr F. das Gefühl, alle starren ihn an. An der nächsten Station rennt er hinaus. Ein Sonnenstrahl peitscht ihm ins Gesicht wie ein schmaler Ast, der sofort zurückfedert. Das ist die Antwort der Sonne auf seine aufmüpfige Geste. Sie demonstriert, wie mächtig sie ist! Demütig verneigt sich Herr F. vor ihr. Keine Unterwerfung.

Eine dankbare Wertschätzung. Ohne sie wäre hier kalte Leere, überall.

Wenn nur der Atem des Windhundes nicht so riechen würde ...

Abends, als es dunkel wird, flüchtet sich Herr F. ins Bett, verbunkert sich unter der Bettdecke, scheucht die Träume auf, die ihn entern wie Piraten ein Schiff.

II

Frau M. steht vor dem Käfig ihrer niederen Instinkte. Diese keifen und spucken und fauchen. Frau M. lächelt und feixt sie an. Kichert, wie in einen Spiegel hinein, vor dem man Fratzen schneidet. Das Getier zerrt an seinen Ketten, dass es rasselt und scheppert. Heute kein Ausgang, triumphiert Frau M. Sie ist stolz auf die Zähmung. Das Fatale: Sie mag Männer. Weil sie sie braucht. Weil sie das Leben liebt.

Obwohl sie es nicht versteht: Was hat sie bloß hierher verschlagen in diesen Erdenstall? Denkt sie manchmal. Sich eine Zeitlang mästen, seine Tiere auf die Weide schicken, sich im kalten Mondlicht aalen, Bündel von viereckigem Papier pulverisieren für einen matten Abglanz von Zufriedenheit. Von Glück nicht zu reden. Glück ist für Schafe erfunden, die die Wölfe fressen wollen ... Aber Frau M.s Frohsinn bügelt den Alltag glatt! Welcher kluge Mensch igelt sich schon in das ‚Morgen' ein? Es gibt kein Morgen, nie. Nur ein Jetzt!

Frau M. pudert sich ihr Gesicht, taucht ihre Lippen in glühendes Signalrot ein. Jetzt feixen die hinter den Gitterstäben. Trollt euch! Denkt Frau M. und schaut schmunzelnd in die Sonne, die sich mit feinen Lachsalven durch die Fensterscheibe kringelt.

Heute keine Männer. Denkt Frau M. Nur ich.

Auf der Straße empfängt sie der Gesang eines Martinshorns. Sie schwingt ihre Hüften, als studiere sie einen Tanz ein. Das Leben ist ein Tanz. Denkt sie. Überall Melodien. Und wenn es das Pfeifen der Granaten ist. Hier nicht. Deutschland ruht in Frieden. Vielleicht ist der Frieden das vielgerühmte Glück, von dem man immer spricht, aber das niemand findet. Eine unsichere Beigabe des Lebens. Wie das Unglück.

Frau M. tänzelt in Richtung Rhein. Bis zur Absperrung. Dort patrouillieren Posten mit Stechschritten, das Gewehr geschultert. Frau M. hat Phantasie. Aber der Posten ist real. Frau M. sieht den Grund für die Absperrung: Der Rhein ist schwanger. Dickbäuchig, eine riesige, alte Milchkuh.

Frau M. wendet sich ab und summt ein Lied: „Wann kommt die Flut ... trallala ... über mich ... in ein anderes, großes Leben, trallala ..."

Sie folgt dem Lauf des Rheins, entlang der Absperrung.

Ihr Herz hüpft vor Freude wie ein unsportliches Kind beim Sackhüpfen.

III

Der Morgen grölt wie ein betrunkener Matrose. Der Straßenlärm frisst sich durch die Ritzen der Fenster. Die Straßenbahn klingelt grober als ein gestörtes Telefon. Herr F. klebt im Bett: Wochenende. Die Leere der Wände starrt ihn an. Er zwinkert dem Traum der vergangenen Nacht zu: eine Schimäre seiner toten Mutter. Er schält sich aus der Nacht heraus, krabbelt mühsam in den Tag hinein. Das Wasser in der Duschkabine rieselt mit nassem Kalk. Stakkatohafte Gedanken zucken durch sein Gehirn. Allmorgendliches, unzensiertes Tohuwabohu. Abtrocknen. Frühstücken. Das Ei schaut ihn gekränkt an, bevor er es zersägt. Nutzloses Ticken der Uhr. Feige Sonne, denkt Herr F. und fürchtet die Bestrafung. Wolken fallen auf das Dach gegenüber, zerspringen wie Glas, lautlos.

Unten auf der Straße zahllose Menschen – Heuschrecken, die sich gegenseitig beißen. In dem Gewimmel sieht es aus wie Liebkosungen. Keiner will allein sein.

Die Sonne ist ein unzuverlässiger Brennstoff. Denkt Herr F. Wer rettet die Erde? Und dieses verschrobene Universum mit all seinen Geheimnissen, die sich anfühlen wie schlechte Witze von pubertären Jugendlichen? Und die erwachsenen Zweibeiner haben nichts Besseres zu tun, als regelmäßig zu kopulieren und Waffen zu schmieden. Täglich. Nicht zu vergessen die Waffen aus Worten, aus demselben in Stahl gegossenen Material. Milliardenfach abgefeuert. Manchmal klimpern die Worthülsen auf den Straßen wie Münzen aus einem Wechselautomaten.

Was für ein Gezeter um nichts. Denkt Herr F. Die Welt – ein Moloch voller verkrüppelter Hyänen und blutender Igel ...

Herr F. blättert in geschwärztem Papier. Schlagzeilen wie Schlaglöcher: Ein Flugzeug taumelt in einen Vulkan, verglüht zu einer Sternschnuppe ... Ein Achtzehnjähriger .... erschießt zuerst sich und dann seine Mutter ... Was für ein Unsinn! denkt Herr F. Ach, sieh an, die Ufer sollen verschwinden ... Nostradamus lässt grüßen! Ein Schauspiel, dass er sich nicht entgehen lassen will. Der Tag ist gerettet! Anziehen, dem Spiegel im Flur ins Gesicht getrotzt, die Schuhe fest gezurrt und die Nase in den trockenen Wind geschraubt.

Draußen stürzt sich der Windhund auf ihn. Es gelingt Herrn F. überraschend, ihn an die Leine zu nehmen! Der Sauhund zieht und zerrt. Herr F. stolpert ihm hinterher. Ross und Reiter vertauscht. Niemand merkt es. Die Menschen hasten im Wettlauf. Sie fürchten Gewitter wie Bomben. Auch der Hund hastet. Wenn er anfängt zu fliegen, muss ich nicht mitfliegen. Denkt Herr F. Die Wolken werfen Ballast ab, die den Boden benetzen wie kleine Granatsplitter.

Herr F. bleibt stehen. Er hat sich verlaufen. Die Zügel entgleiten ihm. Der Windhund hebt ab. Verschwindet in der Ferne wie ein losgelassener Luftballon. Gott sei Dank. Teuflisches Vieh. So anhänglich. Soll nie wieder kommen. Wohin soll ich? Denkt Herr F. Die wenigen Menschen, die ihm begegnen, laufen trotzig gegen den Wind an, die Mützen tief ins Gesicht gestülpt.

IV

Der Tumult des Flusses prallt an Frau M. ab. Die Natur wehrt sich. Denkt Frau M. Sozusagen der aufmüpfige Kampf des Proletariats gegen das behäbige Schmarotzertum der zweibeinigen Bourgeoisie. Und was machen die? Dankbar für die Abwechslung, – endlich ein Abenteuer abseits von der Mattscheibe –, wieseln die Menschen, hauptsächlich Männer, eifrig hin und her und bauen Schutzwälle auf. Als wenn das helfen könnte! Frau M. stellt sich die Männer als dickgepanzerte Monstren vor, deren dicke Schwänze, eselsgleich, aus der Rüstung ragen und auf dem Boden schleifen ...

Frau M.s Lachen gurrt durch die Luft. Wie schön es doch ist, am Leben zu sein und Phantasien auszubrüten!

Eine Ladung Dankbarkeit pumpt ihr genügsames Herz auf. Dankbar, dass sie Flügel hat zum Fliegen wie eine Turteltaube. Dankbar, dass ihr makellos scheinender Körper nicht so makellos ist. Aber in voller Funktion für die Welt der Arglistigen und Getäuschten. Dankbar, dass ihr bei Bedarf Hunderte Arme zur Verfügung stehen, in die sie jederzeit hineinkriechen kann. Was ist schon Liebe ohne Körperlichkeit? Eine nutzlose Schilfrohrpassion, eine seifenblasige Ideenschaukel! Die grenzenlose Leere des Universums, die man nur nach einem Orgasmus erahnen kann. Nein. Denkt Frau M. Liebe muss man spüren können, anfassen, greifen, betasten, streicheln, bezüngeln, erniedrigen, niederringen, besiegen ... Liebe ist die Erniedrigung der Sehnsucht. Denkt Frau M.

Sie zuckt zusammen. Zwanzig Meter vor ihr steht ein Mann, riesig wie ein Bär. Aber keiner aus der Manege, ein urwüchsiger! Zaghaft nähert sie sich ihm und spürt eine Explosion in sich. Untermalt von Tausenden von Jubelschreien. Ein Mann aus dem Bilderbuch. Wie vorgezeichnet. Sie muss ihn nur ausmalen. Ein Gott. Ihr raubt es schier den Atem. Sie musste achtunddreißig Jahre alt werden, um solch einem Übermenschen zu begegnen.

„Lieber Herr, darf ich es wagen, meinen Arm ihm zum Geleit anzutragen?"

Ihr Scherz verhallt in der Nebelküche. Tatsächlich hat

ein graues Tuch sich über die Stadt gesenkt, so plötzlich wie eine Schlange aus dem Geröll zischt.

Herr F. öffnet weit die Augen und sieht ein fremdes Wesen vor sich, vom Mars oder von der Venus. Igitt, macht er und versucht das Gift wieder auszuspucken.

Bitte gern, versteht Frau M. und versucht sich bei ihm unterzuhaken. Herr F. hakt ihr dafür eins unter die Kinnlade, ganz galant männlich-göttlich natürlich. Versehentlich. Frau M. springt zurück und schlägt sich vor die Stirn. Sie hat ganz vergessen: Götter wollen angebetet und erobert werden, ehe sie sich ins niedere Dunsttal der Sterblichen begeben. Einen Gott zu erobern wäre die Krönung ihrer Lustbarkeiten, hinauf auf die Himmelsleiter, siebte Etage.

„Hat sie der Windhund geschickt?", sagt Herr F. und streicht sich über seinen kirschroten Teint. Ein Engel. Denkt er. Hat sich verflogen.

Rohe Komplimente passen zu einem aus Hartholz geschnitzten Gott. Denkt Frau M. In ihrem Zwinger gerät alles in Aufruhr. Die Wildkatze leckt sich ihre Krallen. Ihr Schwanz zittert vor Aufregung. Frau M. wendet sich ab und starrt auf den überschäumenden Fluss. Versucht sich wieder einzusammeln.

„Gehen wir was trinken?"

Oh, wie banal das klingt. Wie unvertraulich. Wie unhimmlisch. Frau M. könnte sich auf die Zunge beißen.

Herr F. nickt. „Im Rhein ist genug Wasser."

Frau M. lotet kurz die situative Umgebung aus. Altstadt. „Ich kenne eine schöne Kneipe, ganz in der Nähe."

Herr F. versteht sie kaum. Seine Sinne sind betäubt. Der Windhund sitzt direkt vor ihm. Neben der Frau. Er zwinkert Herrn F. zu. „Aasgeier", schimpft Herr F. leise.

Gerne, hört Frau M. und zupft ihn richtungsweisend am Ärmel. Geht voran. Herr F. macht undefinierbare Bewegungen. Um den Windhund zu verscheuchen. Aber der heftet sich unbeirrt an seine Seite. Die Nebelschwaden werden vom aufkommenden Wind fortgeblasen. Aber die Luft ist schwer und dunstig.

Das Lokal liegt mitten im Sperrgebiet. Ist trotzdem geöffnet. Der Wirt, ein quirliger Endfünfziger mit frisch polierter Glatze, weist auf das Schild am Eingang hin: BETRETEN NUR MIT GUMMISTIEFELN.

„Wir haben keine", sagt Frau M. betreten.

Aber der polierte Wirt ist ein Fuchs: Der Verleih von Gummistiefeln gehört an solchen Hundstagen zum Service.

„Der Raum ist leider schon ein wenig überflutet", erklärt er und verlangt eine Überdosis an Honorar für das einmalige Safari-Erlebnis.

Drinnen stehen aufrecht und breitbeinig ein paar bärtige Kerle. Die jeden, der hier einen Bogen um das Lokal macht, wasserscheues Gesindel nennen. Sie lungern an der Theke, mit Gläsern fest in der Hand, mit Hartgesottenem darin, versteht sich, und beäugen die Frau, die daher kommt wie in einem Märchenfilm für Erwachsene. Vergessen die Gefahr von draußen, die für sie keine darstellt. Weil sie sich als Helden fühlen.

Herr F. hat nur Augen für den Windhund. Dieser legt sich jetzt demonstrativ auf die Theke und bleckt sich die Zunge, wie vor einer Mahlzeit. Es ist angerichtet, scheint er zu sagen. Herr F. verflucht ihn. Ignorieren! Ihn und am liebsten die ganze Welt!

Frau M. setzt sich an einen runden Tisch. Sie fordert Herr F. auf, es ihr gleichzutun. Herr F. setzt sich zart wie ein Mädchen ihr gegenüber, das die Beine zusammenpresst, als müsse es dringend zur Toilette. Nicht, dass Herr F. eine lächerliche Figur abgibt. Er fühlt sich nur so.

Das matte Kneipenlicht beschimmert das glucksende Wasser, das sich um ihre Füße schmiegt. Ein Knäuel von Menschen drängt sich in den Raum und schießt mit Fotos. Das wird eine Schlagzeile! Frau M. bezieht das Interesse auf sich, sie streicht sich ihre Haare zurecht und setzt sich lasziv in Pose. Als die Meute verschwindet, wendet sie sich wieder ihrem Gott zu. Beginnt zu säuseln. Das ganze straffe, viel erprobte Programm. Aber ihr Auserkorener starrt Luftlöcher - das macht sie noch erregter. Je widerspenstiger ein Mann, pardon, Gott, umso interessanter! Ist ihre Einstellung. Umso wertvoller die Beute. Aber dieser göttliche Knabe ist nicht das Opfer. Sie ist das Opfer! Sie ist ihm verfallen, mit Haut und Haaren!

Sie lässt ihre Lippen in dem fahlen Licht aufblitzen.

„Gehen wir zu mir?"

Der Windhund, denkt Herr F. Aber der ist verschwunden. Hinterlässt ein Loch, einen Krater. Keiner mehr da, über den man sich aufregen, den man beschimpfen kann.

Warum fliegt die Frau nicht einfach auch weg?

„Komm!" Frau M. steht auf und streckt ihm ihre Hand hin.

Herr M. starrt auf die Hand wie auf einen elektrisch geladenen Zaun. Er sieht sich um. Die Männer starren ebenfalls auf die Hand. Einer pfeift leise. Herr F. ereilt eine leichte Übelkeit. Etwas viel für ihn. Das Verlaufen. Das Hochwasser. Dieses seltsame zweibeinige Wesen vom Mars. Oder ist es Saturn? Als er die Hand ergreift, spürt er nicht den erwarteten Stromstoß, aber eine andere seltsame Vibration durchrieselt ihn. Warm wie von einer Katzenpfote berührt ...

Eins habe ich schon gelernt, denkt Frau M. Götter reden nicht viel. Im Schlepptau hinkt Herr Gott F. hinter ihr her. Ihr Händedruck fühlt sich an wie ein wohliger, zarter Würgegriff. Der Wind peitscht sie voran. Frau M. schmiegt sich eng an ihn. Die Wärme der Frau nistet sich in einer feindlichen Übernahme in Herrn F.s Körper ein. Der Geruch ihres Parfums sorgt für den nötigen Liebesschwindel.

„Ich heiße übrigens Maria", stellt sich Frau M. vor.

„Joseph", sagt der verwandelte Herr F.

Das ist ja lustig, denkt Maria alias Frau M.

Sie stapfen durch die Rinnsale, die unter ihren Stiefeln plätschern wie ein rührseliges Kinderlied. Bis sie ins Trockene gelangen.

„Es ist nicht weit", erklärt Frau M. und weicht dem Anblick des schönen Mannes aus, um nicht vorzeitig in Ohnmacht zu fallen. Die Tiere, besonders die Jungtiere, in ihrem Gehege flattern aufgeregt wie Hühner im Stall, in dem ein Fuchs eingedrungen ist. Tanzen im Dreieck.

V

Als Frau M. sanft den Schlüssel in das Schloss ihrer Haustür steckt, spürt sie ein feuriges Kribbeln in ihren Eingeweiden. Herr F. folgt ihr die Treppenstufen hoch wie in Trance. Vielleicht ein Traum, denkt er. Auf jeden Fall ein schöner. Ein Traum mit realen Berührungen. Und das ohne den Schutz der Sonne. Aber die ist ja da! Im Hintergrund. Und beobachtet ihn vielleicht misstrauisch. Denkt Herr F. Der Mann, der nicht weiß, dass er in den Adelsstand der Göttlichkeit erhoben worden ist. Wie jeder, der geliebt wird. Und sei es nur für ein paar Stunden.

Frau M., die noch nie einen Gott in ihrem Bett hatte, macht keine langen Umschweife. Keinen Aperitif, kein langes Gerede, kein Vorspiel. Schon an der Schwelle zur Wohnung öffnet sie ihren Käfig. Heraus strömen sämtliche Katzenarten: Tiger, Löwe, Gepard, Leopard, Panther... Sie krallen sich mit ihren Tatzen in Herrn F.s Fleisch. Herr F. taumelt erschrocken zurück.

Frau M. lacht fröhlich. „Die tun ihnen nichts. Die wollen nur spielen", ruft sie beschwichtigend und lässt die raue Zunge der Siam auf seiner entblößten Brust tänzeln.

Sein erstes Mal hat sich Herr F. anders vorgestellt. Nicht mit einer feuchten Windhose, die ihn mit sich in ihren Kreisel ziehen will, um ihn zu verschlingen. Er reißt sich los und stürzt ins Wohnzimmer, verschanzt sich unter dem Tisch. Das räudige Getier findet ihn natürlich mühelos. Aber Frau M. ruft es mit einem Pfiff zurück. Kniet nieder in Hundestellung, um mit Herrn F. auf einer Höhe zu sein und lacht ihr fröhliches Lachen.

„Ich weiß ja", gluckst sie, „dass Männer solche Überfälle nicht gewohnt sind. Aber ein Gott könnte ruhig etwas mehr Würde zeigen."

Etwas wundert sie sich doch. Denkt: Vielleicht ein altmodischer Gott. Und Götter sind keine Helden. Die leben von der Strahlkraft ihrer Schönheit.

Gott? Du lieber Gott! Denkt Herr F. Ist das die Hölle?

Ächzend kriecht er aus seinem Versteck. Zum Glück: Die Viecher sind weg.

Frau M. steht breitbeinig vor ihm. So einen Mann hatte sie noch nicht, der sich derart ziert. Aber der Mann ist ein Gott. Da ist eben alles anders. Erklärt sie sich. Fasst Herrn F. sanft an den Händen und führt ihn in ihr Schlafzimmer. Gott F. ist nun handzahm. Gefügsam. Ergibt sich in sein Schicksal. Lässt sich führen. Auf das Bett lagern. Manchmal sehen sich Himmel und Hölle sehr ähnlich. Tröstet er sich. Frau M. schält ihn aus den Kleidern, häutet ihn, bis er nackt und starr da liegt. Wie ein erlegter Fisch. Aber ein Prachtexemplar! Frau M. lächelt. Wenn er nicht so schön wäre und der Penis so klein (Dafür sind Götter bekannt, Frau M. kennt es von den Statuen.), würde sie allerdings bezweifeln, dass er ein Gott ist.

Herr F. zappelt noch ein wenig. Ringt nach Luft. Aber als Frau M. seine Gräten sortiert, spürt er ihre Nestwärme. Sie hüllt ihn ganz in ihre weibliche Weichheit ein, so dass Herr F. zum ersten Mal in seinem Leben entspannen kann. (Er muss nicht viel machen. Nur Hingabe. Loslassen. Schwer genug.) Frau M. ist in ihrem Element. Lustschreie lassen das Haus erzittern. Sie fühlt ein Stück Unsterblichkeit. Da muss erst ein Gott kommen, dass sie die Erfüllung erleben darf! Denkt sie zwischendurch. Ansonsten ist das Denken wie ein Automat ausgeschaltet. Dass er, als er kurz die Augen öffnet, immer noch nicht den Windhund sieht, registriert Herr F. mit einem zufriedenen Grunzen. Wenn das die Hölle ist, denkt er, dann möchte ich hier ewig schmoren.

Aber nichts ist ewig. Fast gleichzeitig schlafen beide selig ein.

VI

Als Frau M. am nächsten Morgen aufwacht, fühlt sie etwas Glitschiges, Feuchtes neben sich. Sie betastet es neugierig, kann sich keinen Reim machen. Mühsam gelingt es ihr, die Augen zu öffnen: Die grelle Sonne beißt ihr ins Gesicht. Blind tappt sie ins Badezimmer. Verrichtet ihre Notdurft. Spritzt sich ihr Gesicht mit Wasser ab. Tapert in die Küche. Setzt sich Kaffee auf. Langsam kehren die Lebensgeister zurück. Und die Erinnerungen an die vergangene Nacht. Wohlig seufzt sie. Aber wo ist ihr Geliebter? Im Wohnzimmer ist er nicht. Auch nicht im Arbeitszimmer. Nochmal in die Küche: kein Gott weit und breit.

Sie betritt zögerlich wie ein Kind zu Weihnachten das Schlafzimmer. Aber das Christkind hat sich aus dem Staub gemacht! Sie zuckt die Achseln. War es nur ein Traum gewesen? Bekanntlich gibt es keine Götter! Aber sie ist doch noch bei Sinnen. Lebenslustig: ja. Optimistisch: ja. Realistisch: ja. Verträumte Romantikerin: nein.

Sie schaut unter der buckligen Bettdecke nach und sieht – einen Frosch. Ein Schrei entfährt ihr. Nicht, dass sie keine Tiere mag, man denke an ihren kleinen Privatzoo ..., aber ein Frosch ist widerlich, ekelhaft, kalt und hässlich!

„Mach dich weg aus meinem Bett, du Scheusal", kreischt sie. „Wer hat dich hier 'reingebracht?"

Der Frosch glotzt sie erstaunt an.

Ratlos starrt sie auf das kleine Untier. Sie mag es nicht anfassen, der Ekel schüttelt sie. Andererseits muss sie ihn irgendwie loswerden. Sie stürzt in die Abstellkammer, schnappt sich den Besen und eilt zurück in die Ekelkammer.

Der Frosch glotzt und rührt sich nicht vom Fleck. Frau M. scheucht ihn mit dem Besen auf. Er hüpft. Quer durch die Wohnung. Lautlos. Macht ein paar weitere Sätze. Scheint nicht weg zu wollen. Bis er endlich vor der Haustür landet. Frau M. überprüft Türen und Fenster. Sinkt erschöpft und erleichtert auf dem Küchenstuhl nieder. Wischt sich den Schweiß von der Stirn. Schenkt sich Kaffee ein. Ein Gott, denkt sie. Wäre auch zu schön gewesen, wenn der geblieben wäre. Vielleicht hat er den Frosch hier gelassen. Um sie zu verhöhnen. Spielt keine Rolle. Es gibt genug Männer.

Im Flur stellt sie sich vor den Spiegel und will ihre Haare zurecht zupfen. Da erschrickt sie fast zu Tode. Fällt beinah um. Sie sieht ... Sie sieht ... einen F R O S C H! Sie überzeugt sich mit dutzendfachen Blicken. Wo sind ihre langen, blonden Haare, ihre lustig verzückten Augen, ihre zierliche Nase, ihr roter Kussmund, all das, was Männer so verrückt machen kann. Verrückt? Ich bin verrückt geworden. Denkt sie. Vielleicht hat sie der Gott verwandelt? Aber können Götter zaubern? Ihr Herz rast. Sie schaut an sich herab. Alles normal. Aber im Spiegel: der Frosch! Also spinnt der Spiegel. Denkt sie. Aber können Spiegel spinnen? Sie fragt ihre Kleintiere. Aber die sind verstummt. Sind eben doch nur Tiere.

Sie stürzt aus dem Haus. Sucht den Horizont nach dem Gottfrosch ab. Das Hochwasser ist stark gestiegen. Es hat die Uferböschungen verschlungen, das gefräßige Biest. Arbeitet sich weiter in Richtung Land vor. Aber hier ist Frau M. sicher. Vermutlich. Aber das ist jetzt gleichgültig. Sie will den Gottfrosch! Sie läuft los. Eilt vorbei an der Kneipe mit den Gummistiefeln, die längst geschlossen hat. Da sieht sie seine Silhouette. Zumindest könnte er es sein. Entlang am Rhein schlendernd, dicht am rauschenden Wasser. Sie ruft ihn: „Joseph!"

Er reagiert nicht. Als sie ihn erreicht hat, fasst sie ihn am Arm. Er dreht sich zu ihr hin. Ein fremder Mann sieht sie erstaunt an. Lächelt. Gott, sieht der gut aus. Denkt Frau M.

VII

Neblige Schwaden von Liebesschwüren liegen über der Stadt, ungreifbar, wie verirrte Geister.

Herr F. beobachtet die unkontrollierbare Flut. Wie sie sich sukzessive in das Land ergießt. Ist es der Tränenstrom der vielen unglücklichen Menschen? Ein schöner Gedanke. Findet Herr F. Er hält nach dem Windhund Ausschau. Kann man etwas vermissen, dass man eigentlich hasst und vor dem man Angst hat? Der Windhund ist ihm so vertraut geworden wie ein Haustier, keins zum Streicheln, aber eins, das man pflegt und füttert. Das einem treu ist wie ein Schmerz.

Auch die Eisscholle, auf der sich Herr F. bisher in seinem Leben immer hat treiben lassen, ist geschmolzen. Er ist frei. Das denkt er nicht. Er weiß es noch nicht: Quantensprünge ereignen sich immer unbemerkt. Ihre Merkmale spülen sich tröpfchenweise an die Oberfläche. Wie der Unrat, den der Rhein jetzt ausgespuckt hat. Bis die Reinigung vollzogen ist und die Umkehr erfolgt, die ihre Spuren hinterlässt und das Leben manchmal auf den Kopf stellt.

Herr F. dachte bisher, eine Realität herrsche nur dort, wo die Sonne scheint. Wo alles sichtbar ist, im Unverborgenen. Und aus dem Dunkel stamme der Irrtum und die Verblendung. Dabei ist es umgekehrt: In dem Geheimnis des Dunklen wachsen die verzehrbaren Schätze. Die Sonne verblendet die Wahrheit! Ob sie ihn für diesen Gedanken strafen wird? Das ist Herrn F. so gleichgültig wie seine Vergangenheit. Sie sind beide sterblich, die Sonne und er. Und er würde länger leben als sie!

Er nestelt nach dem Zettel mit der Adresse des Engels, der in seiner Hosentasche steckt. Er liest ihn dreimal durch und wirft ihn in den Fluss.

DIE AUTOR*INNEN

Norbert Görg
wurde 1959 in Dortmund geboren und wuchs in Duisburg auf. Er studierte Germanistik und Philosophie und lebt seit 1999 in Köln. Seit einigen Jahren erfüllt er sich seinen Kindheitswunsch: sich der Schriftstellerei zu widmen. Er arbeitet derzeit u.a. an einem Sachbuch, in dem es darum geht, was uns im Jenseits erwarten könnte. Veröffentlichungen: Überdosis Leben (1983, Roman); drei Beiträge in der Anthologie: „Herr Akaido sammelt schöne Tage" (2011, Kurzgeschichten, Hrsg. Lutz Becker).

Angela Hoptich
erblickte 1966 am Niederrhein das Licht der Welt, wurde nach Bayern verschleppt, flüchtete nach Hessen und ließ sich schließlich in Köln am Rhein nieder. Kreativität lebt sie in vielen Ausdrucksformen aus, das Schreiben entdeckte sie erst 2014 für sich. Seitdem verfasst sie Kurzgeschichten, die zum Teil in Kleinverlagen (Sarturia, Sperling Verlag, p.machinery, Verlag Torsten Low) oder im Selbstverlag erschienen bzw. in Vorbereitung sind, und arbeitet an verschiedenen Langtext-Projekten.

Oliver Kreuz
1970 in Siegen geboren, lebt seit 2001 in Köln auf der Schäl Sick. Als Diplom-Sozialpädagoge ist er beruflich hauptsächlich in der Migrantenhilfe tätig. Oliver Kreuz schreibt seit vielen Jahren Kurzgeschichten. Mit „Abschiedsreise" hat er im Oktober 2016 den ersten Platz beim Kurzgeschichtenwettbewerb „Lesesport" gewonnen. In T. C. Boyle sieht er sein großes Autorenvorbild. Oliver Kreuz ist außerdem Musiker, spielt Gitarre und Schlagzeug und hat diverse Lieder musikalisch und textlich kreiert.

Gisela Kruyer
1953 in Leverkusen geboren, hat vor ca. fünfzehn Jahren mit dem Schreiben begonnen. Es entstanden zahlreiche Kurzgeschichten, Satiren, Gedichte und zwei Romane. Veröffentlichungen in dieser Zeit in Anthologien bei Rowohlt und im Machandel Verlag, sowie bei BoD der Roman „Kommune Robin Hood und das Meldeversäumnis". Gisela Kruyer wurde 2013 mit dem Leverkusener Shortstory Preis ausgezeichnet.

Sandra Rochaz
1980 in Frankfurt/M. geboren, gelernte Groß- und Außenhandelskauffrau, allein erziehend, Mutter von zwei Söhnen. Seit frühester Jugend war kreatives Schreiben ein geliebtes Hobby gewesen. Über einen längeren Zeitraum verfasste sie Episodengeschichten im Bereich Fanfiction, die eine treue Leserschaft fanden. Seit ein paar Jahren schreibt sie auch Kurzgeschichten. Derzeit arbeitet Sandra Rochaz an ihrem ersten, komplexen Roman, mit dem sie zwei ihrer Hauptinteressen verbindet: das Erzählen von Geschichten und Irland.

Keiner kann zweimal
in denselben Fluss steigen.

Panta Rhei